AF503996

FABLES CHOISIES

DE DIFFÉRENTS AUTEURS,

A L'USAGE

DES MAISONS D'ÉDUCATION.

Prix cartonné : 90 cent.

A PARIS,

CHEZ

Mᵐᵉ MUNILLA, rue des Batailles, n. 17, institution
de jeunes demoiselles ;

M. HORTUS, rue du Bac, n. 88, institution de jeunes
gens ;

Mᵐᵉ COLLIN, rue de Grenelle-Saint-Germain, n. 126,
externat de jeunes demoiselles ;

Mᵐᵉ LAURE TOUVENEL, rue des Jeûneurs, n. 12,
externat de jeunes demoiselles.

1835.

FABLES CHOISIES.

Deux pigeons s'aimaient d'amour tendre :
L'un d'eux, s'ennuyant au logis,
Fut assez fou pour entreprendre
Un voyage en lointain pays.
L'autre lui dit : « Qu'allez-vous faire ?
» Voulez-vous quitter votre frère ?
» L'absence est le plus grands des maux,
» Non pas pour vous, cruel ! Au moins, que les travaux,
» Les dangers, les soins du voyage,
» Changent un peu votre courage.
» Encor si la saison s'avançait davantage !
» Attendez les zéphyrs : qui vous presse ? un corbeau
» Tout à l'heure annonçait malheur à quelque oiseau.
» Je ne songerai plus que rencontre funeste,
» Que faucons, que réseaux ; hélas ! dirai-je, il pleut :
» Mon frère a-t-il tout ce qu'il veut,
» Bon souper, bon gîte, et le reste ? »
Ce discours ébranla le cœur
De notre imprudent voyageur :
Mais le désir de voir et l'humeur inquiète
L'emportèrent enfin. Il dit : « Ne pleurez point ;

» Trois jo urs au plus rendront mon âme satisfaite:
» Je reviendrai dans peu conter de point en point
        » Mes aventures à mon frère;
» Je le désennuierai : quiconque ne voit guère,
» N'a guère à dire aussi; mon voyage dépeint :
        » Vous sera d'un plaisir extrême.
» Je dirai : j'étais là; telle chose m'avint :
        » Vous y croirez être vous-même. »
A ces mots, en pleurant, ils se dirent adieu.
Le voyageur s'éloigne : et voilà qu'un nuage
L'oblige de chercher retraite en quelque lieu.
Un seul arbre s'offrit, tel encor que l'orage
Maltraita le pigeon en dépit du feuillage.
L'air devenu serein, il part tout morfondu,
Sèche du mieux qu'il peut son corps chargé de pluie;
Dans un champ à l'écart voit du blé répandu,
Voit un pigeon auprès; cela lui donne envie :
Il y vole, il est pris : ce blé couvrait d'un lacs
        Les menteurs et traîtres appâts.
Le lacs était usé; si bien que de son aile,
De ses pieds, de son bec, l'oiseau le rompt enfin :
Quelque plume y périt; et le pis du destin
Fut qu'un certain vautour à la serre cruelle
Vit notre malheureux, qui, traînant la ficelle
Et les morceaux du lacs qui l'avait attrapé,
        Semblait un forçat échappé.
Le vautour s'en allait le tuer, quand des nues

Fond à son tour un aigle aux ailes étendues.
Le pigeon profita du conflit des voleurs,
S'envola, s'abattit auprès d'une masure,
    Crut pour ce coup que ses malheurs
    Finirait par cette aventure;
Mais un fripon d'enfant (cet âge est sans pitié),
Prit sa fronde, et du coup tua plus d'à moitié
    La volatile malheureuse,
    Qui, maudissant sa curiosité,
    Traînant l'aile, et tirant le pié,
    Demi-morte et demi-boîteuse,
    Droit au logis s'en retourna:
    Que bien, que mal elle arriva
    Sans autre aventure fâcheuse.
Voilà nos gens rejoints, et je laisse à juger
De combien de plaisirs il payèrent leurs peines.
Mortel, heureux mortel, si tu veux voyager,
    Que ce soit aux rives prochaines;
    Crois-moi, ne porte point tes pas
Sous le soleil ardent, sous l'étoile polaire.
    Ne pense point que, sur la terre,
    Le bonheur soit où tu n'es pas.
    Va, ce n'est point marchandise chinoise;
    C'est un fruit qui pousse en tout lieu;
Il est à Rome, à Paris, à Pontoise,
    Il est chez nous au coin du feu.

LAFONTAINE.

1*

Le Lapin et la Sarcelle.

Unis dès leurs jeunes ans
D'une amitié fraternelle,
Un lapin, une sarcelle,
Vivaient heureux et contents.
Le terrier du lapin était sur la lisière
D'un parc bordé d'une rivière.
Soir et matin nos bons amis,
Profitant de ce voisinage,
Tantôt au bord de l'eau, tantôt sous le feuillage,
L'un chez l'autre étaient réunis.
Là, prenant leurs repas, se contant des nouvelles,
Ils n'en trouvaient point de si belles
Que de se répéter qu'ils s'aimeraient toujours.
Ce sujet revenait sans cesse en leurs discours.
Tout était en commun : plaisir, chagrin, souffrance,
Ce qui manquait à l'un, l'autre le regrettait :
Si l'un avait du mal, son ami le sentait;
Si d'un bien au contraire il goûtait l'espérance,
Tous deux en jouissaient d'avance.
Tel était leur destin, lorsqu'un jour, jour affreux !
Le lapin, pour dîner, venant chez la sarcelle,
Ne la retrouve plus; inquiet, il l'apelle;
Personne ne répond à ses cris douloureux.
Le lapin, de frayeur l'âme toute saisie,

Va, vient, fait mille tours, cherche dans les roseaux,
S'incline par dessus les flots,
Et voudrait s'y plonger pour trouver son amie.
Hélas ! s'écria-t-il, m'entends-tu ? réponds-moi,
Ma sœur, ma compagne chérie !
Ne prolonge pas mon effroi ;
Encor quelques moments, c'en est fait de ma vie :
J'aime mieux expirer que de trembler pour toi.
Disant ces mots, il court, il pleure,
Et s'avançant le long de l'eau,
Arrive enfin près du château
Où le seigneur du lieu demeure.
Là, notre désolé lapin
Se trouve au milieu d'un parterre,
Et voit une grande volière
Où mille oiseaux divers volaient sur un bassin.
L'amitié donne du courage.
Notre ami, sans rien craindre, approche du grillage,
Regarde, et reconnaît..... ô tendresse ! ô bonheur !
La sarcelle. Aussitôt il pousse un cri de joie ;
Et, sans perdre de tems à consoler sa sœur,
De ses quatre pieds il s'emploie
A creuser un secret chemin
Pour joindre son amie, et, par ce souterrain,
Le lapin tout à coup entre dans la volière,
Comme un mineur qui prend une place de guerre.
Les oiseaux effrayés se pressent en fuyant.

Lui court à la sarcelle, il l'entraîne à l'instant
Dans son obscur sentier, la conduit sous la terre,
Et, la rendant au jour, il est prêt à mourir
        De plaisir.
Quel moment pour tous deux ! que ne sais-je le peindre.
    Comme je saurais le sentir.
Nos bons amis croyaient n'avoir plus rien à craindre.
Ils n'étaient pas au bout. Le maître du jardin,
En voyant le dégât commis dans sa volière,
Jure d'exterminer jusqu'au dernier lapin :
Mes fusils, mes furets, criait-il en colère.
    Aussitôt fusils et furets
        Sont prêts.
Les gardes et les chiens vont dans les jeunes tailles,
    Fouillant les terriers, les broussailles ;
Tout lapin qui paraît trouve un affreux trépas :
Les rivages du Styx sont bordés de leurs mânes :
    Dans le funeste jour de Cannes,
    On mit moins de Romains à bas.
La nuit vient : tant de sang n'a point éteint la rage
Du seigneur, qui remet au lendemain matin
    La fin de l'horrible carnage.
    Pendant ce tems notre lapin,
Tapi sous des roseaux auprès de la sarcelle,
    Attendait, en tremblant, la mort.
Mais conjurait sa sœur de fuir à l'autre bord,
    Pour ne pas mourir devant elle.

Je ne te quitte point lui répondit l'oiseau ;
Nous séparer serait la mort la plus cruelle.
      Ah! si tu pouvais passer l'eau.
Pourquoi pas? attends-moi.... la sarcelle le quitte,
      Et revient traînant un vieux nid
Laissé par des canards; elle l'emplit bien vîte
De feuilles de roseau, les presse, les unit
Des pieds, du bec, en forme un batelet capable
      De supporter un lourd fardeau,
      Puis elleattache à ce vaisseau
Un brin de jonc qui servira de câble.
      Cela fait, et le bâtiment
Mis à l'eau, le lapin entre tout doucement
Dans le léger esquif, s'assied sur son derrière,
Tandis que devant lui la sarcelle nageant
Tire le brin de jonc, et s'en va dirigeant
      Cette nef à son son cœur si chère.
On aborde, on débarque, et jugez du plaisir :
      Non loin du port on va choisir
Un asile où, coulant des jours dignes d'envie,
      Nos bons amis, libres, heureux,
      Aimèrent d'autant plus la vie,
      Qu'ils se la devaient tous les deux.

FLORIAN.

La Mère, l'Enfant et les Sarigues.

Vous de qui les attraits, la modeste douceur
Savent tout obtenir et n'osent rien prétendre,
Vous que l'on ne peut voir sans devenir plus tendre,
Et qu'on ne peut aimer sans devenir meilleur,
Je vous respecte trop pour parler de vos charmes,
  De vos talents, de votre esprit.
Vous aviez déjà peur : bannissez vos alarmes.
  C'est de vos vertus qu'il s'agit.
Je veux peindre en mes vers des mères le modèle;
Le sarigue, animal peu connu parmi nous,
  Mais dont les soins touchants et doux,
  Dont la tendresse maternelle,
  Seront de quelque prix pour vous.
  Le fond du conte est véritable :
Buffon m'en est garant ; qui pourrait en douter ?
D'ailleurs tout dans ce genre a droit d'être croyable,
Lorsque c'est devant vous qu'on peut le raconter.
Maman, disait un jour à la plus tendre mère
Un enfant péruvien sur ses genoux assis,
Quel est cet animal qui, dans cette bruyère,
  Se promène avec ses petits ?
Il ressemble au renard. Mon fils, répondit-elle,
  Du sarigue c'est la femelle;

Nulle mère pour ses enfants
N'eut jamais plus d'amour, plus de soins vigilants.
La nature a voulu seconder sa tendresse,
Et lui fit près de l'estomac
Une poche profonde, une espèce de sac,
Où ses petits, quand un danger les presse,
Vont mettre à couvert leur faiblesse.
Fais du bruit, tu verras ce qu'ils vont devenir.
L'enfant frappe des mains : la sarigue attentive
Se dresse, et d'une voix plaintive
Jette un cri ; les petits aussitôt d'accourir,
Et de s'élancer vers la mère,
En cherchant dans son sein leur retraite ordinaire,
La poche s'ouvre, les petits
En un moment y sont blottis,
Ils disparaissent tous ; la mère avec vitesse
S'enfuit emportant sa richesse.
La Péruvienne alors dit à l'enfant surpris :
Si jamais le sort t'est contraire,
Souviens-toi du sarigue, imite-le, mon fils :
L'asile le plus sûr est le sein d'une mère.

FLORIAN.

L'Enfant et le Dattier.

Non loin des rochers de l'Atlas,
Au milieu des déserts où cent tribus errantes
Promènent au hasard leurs chameaux et leurs tentes,
Un jour, certain enfant précipitait ses pas.
C'était le jeune fils de quelque musulmane
Qui s'en allait en caravane.
Quand sa mère dormait, il courait le pays.
Dans un ravin profond, loin de l'aride plaine,
Notre enfant trouve une fontaine,
Auprès, un beau dattier tout couvert de ses fruits.
Oh quel bonheur! dit-il, ces dattes, cette eau claire,
M'appartiennent, sans moi, dans ce lieu solitaire,
Ces trésors cachés, inconnus,
Demeuraient à jamais perdus.
Je les ai découverts, ils sont ma récompense.
Parlant ainsi, l'enfant vers le dattier s'élance,
Et jusque à son sommet tâche de se hisser.
L'entreprise était périlleuse;
L'écorce, tantôt nue, et tantôt raboteuse,
Lui déchirait les mains ou les faisait glisser.
Deux fois il retomba; mais, d'une ardeur nouvelle,
Il recommence de plus belle,
Et parvient enfin, haletant,
A ces fruits qu'il désirait tant.

Il se jette alors sur les dattes,
Se tenant d'une main, de l'autre fourrageant
Et mangeant,
Sans choisir les plus délicates.
Tout à coup voilà notre enfant
Qui réfléchit et qui descend.
Il court chercher sa bonne mère,
Prend avec lui son jeune frère,
Les conduit au dattier. Le cadet incliné,
S'appuyant au tronc qu'il embrasse,
Présente son dos à l'aîné ;
L'autre y monte, et de cette place,
Libre de ses deux bras, sans efforts, sans danger
Cueille et jette les fruits ; la mère les ramasse,
Puis sur un linge blanc prend soin de les ranger.
La récolte achevée, et la nappe étant mise,
Les deux frères tranquillement,
Souriant à leur mère au milieu d'eux assise,
Viennent au bord de l'eau faire un repas charmant.

De la société ceci nous peint l'image :
Je ne connais de biens que ceux que l'on partage.
Cœurs dignes de sentir le prix de l'amitié,
Retenez cet ancien adage.
Le tout ne vaut pas la moitié.

Florian.

L'*Aveugle* et le *Paralytique*.

Aidons-nous mutuellement
La charge du malheur en sera plus légère :
Le bien que l'on fait à son frère
Pour le mal que l'on souffre est un soulagement.
Confucius l'a dit ; suivons tous sa doctrine :
Pour le persuader aux peuples de la Chine,
Il leur contait le trait suivant :

Dans une ville de l'Asie
Il existait deux malheureux,
L'un perclus, l'autre aveugle, et pauvres tous les deux.
Ils demandaient au ciel de terminer leur vie :
Mais leurs cris étaient superflus,
Ils ne pouvaient mourir. Notre paralytique,
Couché sur un grabat dans la place publique,
Souffrait sans être plaint ; il en souffrait bien plus.
L'aveugle, à qui tout pouvait nuire,
Etait sans guide, sans soutien,
Sans avoir même un pauvre chien
Pour l'aimer et pour le conduire.
Un certain jour il arriva
Que l'aveugle, à tâtons, au détour d'une rue,
Près du malade se trouva :
Il entendit ses cris, son âme en fut émue.

Il n'est tels que les malheureux
Pour se plaindre les uns les autres.
J'ai mes maux, lui dit-il, et vous avez les vôtres :
Unissons-les, mon frère, ils seront moins affreux.
Hélas ! dit le perclus, vous ignorez, mon frère,
Que je ne puis faire un seul pas :
Vous-même vous n'y voyez pas :
A quoi nous servirait d'unir notre misère ?
A quoi ? répond l'aveugle, écoutez : à nous deux
Nous possédons le bien à chacun nécessaire ;
J'ai des jambes, et vous des yeux :
Moi, je vais vous porter : vous, vous serez mon guide :
Vos yeux dirigeront mes pas mal assurés :
Mes jambes, à leur tour, iront où vous voudrez.
Ainsi, sans que jamais notre amitié décide
Qui de nous deux remplit le plus utile emploi,
Je marcherai pour vous, vous y verrez pour moi.

FLORIAN.

Les Serins et le Chardonneret.

Un amateur d'oiseaux avait, en grand secret,
Parmi les œufs d'une serine
Glissé l'œuf d'un chardonneret.
La mère des serins, bien plus tendre que fine,
Ne s'en aperçut point, et couva comme sien

Cet œuf qui dans peu vint à bien.
Le petit étranger, sorti de sa coquille,
Des deux époux trompés reçoit les tendres soins,
Par eux traité ni plus ni moins
Que s'il était de la famille.
Couché dans le duvet, il dort le long du jour
A côté des serins dont il se croit le frère,
Reçoit la becquée à son tour,
Et repose la nuit sous l'aile de sa mère.
Chaque oisillon grandit, et devenant oiseau,
D'un brillant plumage s'habille ;
Le chardonneret seul ne devient point jonquille
Et ne s'en croit pas moins des serins le plus beau.
Ses frères pensent tout de même :
Douce erreur qui toujours fait voir l'objet qu'on aime
Ressemblant à nous trait pour trait !
Jaloux de son bonheur, un vieux chardonneret
Vient lui dire : il est temps enfin de vous connaître ;
Ceux pour qui vous avez de si doux sentiments
Ne sont point du tout vos parents.
C'est d'un chardonneret que le sort vous fit naître ;
Vous ne fûtes jamais serin : regardez-vous,
Vous avez le corps fauve et la tête écarlate,
Le bec........ oui, dit l'oiseau, j'ai ce qu'il vous plaira ;
Mais je n'ai point une âme ingrate,
Et mon cœur toujours chérira
Ceux qui soignèrent mon enfance.

Si mon plumage au leur ne ressemble pas bien ,
J'en suis faché ; mais leur cœur et le mien
Ont une grande ressemblance.
Vous prétendez prouver que je ne leur suis rien,
Leurs soins me prouvent le contraire :
Rien n'est vrai comme ce qu'on sent.
Pour un oiseau reconnaissant
Un bienfaiteur est plus qu'un père.

FLORIAN

Le Laboureur et ses Enfants.

Travaillez, prenez de la peine :
C'est le fonds qui manque le moins :
Un riche laboureur , sentant sa mort prochaine ,
Fit venir ses enfants , leur parla sans témoins :
Gardez-vous , leur dit-il , de vendre l'héritage
Que nous ont laissé nos parents ;
Un trésor est caché dedans.
Je ne sais pas l'endroit ; mais un peu de courage
Vous le fera trouver, vous en viendrez à bout ;
Remuez votre champ dès qu'on aura fait l'août ,
Creusez, fouillez , bêchez , ne laissez nulle place
Où la main ne passe et repasse ,
Le père mort, les fils vous retournent le champ ,

2 *

Deçà dalà, par tout; si bien qu'au bout de l'an
    Il en rapporta davantage,
D'argent, point de caché. Mais le père fut sage
    De leur montrer, avant sa mort,
    Que le travail est un trésor.

LAFONTAINE.

Le Cerf et la Vigne.

Un cerf, à la faveur d'une vigne fort haute,
Et telle qu'on en voit en de certains climats,
S'étant mis à couvert et sauvé du trépas,
Les veneurs, pour ce coup, croyaient leurs chiens en
                                        [faute.
Ils les rappellent donc. Le cerf, hors de danger,
Broute sa bienfaitrice : ingratitude extrême!
On l'entend; on retourne, on le fait déloger :
    Il vient mourir en ce lieu même.
J'ai mérité, dit-il, ce juste châtiment :
Profitez-en, ingrats. Il tombe en ce moment.
La meute en fait curée : il lui fut inutile
De pleurer aux veneurs à sa mort arrivés.
Vraie image de ceux qui profanent l'asile
    Qui les a conservés.

LAFONTAINE.

Le Cheval et l'Ane.

En ce monde il se faut l'un l'autre secourir :

        Si ton voisin vient à mourir,

        C'est sur toi que le fardeau tombe.

Un âne accompagnait un cheval peu courtois,

Celui-ci ne portant que son simple harnois,

Et le pauvre baudet si chargé qu'il succombe.

Il pria le cheval de l'aider quelque peu ;

Autrement il mourrait devant qu'être à la ville.

La prière, dit-il, n'en est pas incivile :

Moitié de ce fardeau ne vous sera que jeu.

Le cheval refusa, fit une pétarade ;

Tant qu'il vit sous le faix mourir son camarade,

        Et reconnut qu'il avait tort.

        Du baudet en cette aventure

        On lui fit porter la voiture,

        Et la peau par-dessus encor.

LAFONTAINE.

Fanfan et Colas.

Fanfan, gras et vermeil, et marchant sans lisière,

        Voyait son troisième printems.

D'un si beau nourrisson Pérette toute fière,

S'en allait à Paris le rendre à ses parents.

Pérette avait sur sa bourrique,

Dans deux paniers, mis Colas et Fanfan.

De la riche Chloé celui ci fils unique,

Allait changer d'état, de nom, d'habillement,

Et peut-être de caractère.

Colas, lui, n'était que Colas,

Fils de Pérette et de son mari Pierre ;

Il aimait tant Fanfan qu'il ne le quittait pas.

Fanfan le chérissait de même.

Ils arrivent. Chloé prend son fils dans ses bras.

Son étonnement est extrème,

Tant il lui paraît fort, bien nourri, gros et gras!

Pérrette de ses soins est largement payée.

Voilà Pérette renvoyée.

Voilà Colas que Fanfan voit partir.

Trio de pleurs. Fanfan se désespère :

Il aimait Colas comme un frère ;

Sans Pérette et sans lui, que va-il devenir ?

Il fallut se quitter. On dit à la nourrice:

Quand de votre hameau vous viendrez à Paris,

N'oubliez pas d'amener votre fils,

Entendez vous, Pérette ? on lui rendra service.

Pérette, le cœur gros, mais plein d'un doux espoir,

De son Colas déjà croit la fortune faite.

De Fanfan cependant Chloé fait la toilette.

Le voila décrassé, beau, blanc, il fallait voir !

Habit moiré, toquet d'or, riche aigrette.
On dit que le fripon, se voyant au miroir,
    Oublia Colas et Pérette.
Je voudrais à Fanfan porter cette galette,
Dit la nourrice un jour, Pierre qu'en penses-tu ?
Voilà tantôt six mois que nous ne l'avons vu.
    Pierre y consent ; Colas est du voyage.
    Fanfan trouva (l'orgueil est de tout âge),
    Pour son ami, Colas trop mal vêtu :
    Sans la galette, il l'aurait méconnu.
Pérette accompagna ce gâteau d'un fromage,
De fruits et de raisins doux trésor de Bacchus.
    Les présents furent bien reçus.
Ce fut tout ; et tandis qu'elle n'est occupée
    Qu'à faire éclater son amour,
    Le marmot, lui, bat le tembour,
Traîne son chariot, fait danser sa poupée.
Quand il a bien joué, Colas dit : c'est mon tour
    Mais Fanfan n'était plus son frère.
    Fanfan le trouva téméraire,
Fanfan le repoussa d'un air fier et mutin.
    Pérette alors prend Colas par la main :
    Viens, lui dit-elle avec tristesse ;
    Voilà Fanfan devenu grand seigneur ;
    Viens, mon fils, tu n'as plus son cœur.
L'amitié disparaît où l'égalité cesse.

Aubert.

Chloé et Fanfan.

J'ai peint Fanfan ingrat envers Pérette,
Pérette qui l'avait nourri ;
Je l'ai peint dédaignant Colas pour son ami,
Et logeant la fierté déjà sous sa bavette.
Fanfan grandit ; et malgré les avis
De Chloé, mère tendre et sage,
Son orgueil s'accrut avec l'âge :
Le fripon insultait tous les gens du logis.
Que fit Chloé pour corriger son fils ?
Chloé, par un adroit mensonge,
Vint à bout de changer son cœur.
Mon fils, dit-elle un jour, apprenez le malheur
Où le juste destin vous plonge :
Vous n'êtes point à moi : Pérette et son mari
Ont trompé tous deux ma tendresse ;
Ce secret vient d'être éclairci.
De vous sacrifier ils ont eu la faiblesse :
Soit amour pour Colas, soit tout autre raison,
Soit l'espoir de tirer quelque jour avantage
Des trésors usurpés par vous dans ma maison,
Ils vous ont fait changer de nom,
D'habit, d'état et d'héritage.
Mais enfin le remords a dévoilé l'horreur
De leur détestable artifice.

Colas est mon enfant, et vous êtes le leur.
Je retire mon fils des mains de sa nourrice ;
  Il va rentrer aujourd'hui dans ses droits,
Et vous allez partir. Votre orgueil en murmure.
Adieu : je sentais bien, Colas, que la nature
Dans mon âme pour vous n'élevait point sa voix.
Fanfan troublé, muet l'œil fixé sur sa mère,
A ce nom de Colas laisse couler des pleurs.
  Chloé tournant les yeux ailleurs,
  Pour pousser jusqu'au bout l'affaire,
Tient ferme, le dépouille et lui met les habits
  Qu'il devait porter au village.
Mille sanglots alors échappent à son fils ;
  Ses pleurs inondent son visage.
Il parle enfin : maman, que vais-je devenir ?
Mal vêtu, mal nourri, fils du paysan Pierre,
Je serai malheureux. Oui, Colas, mais qu'y faire ?
Le ciel de votre orgueil a voulu vous punir.
Colas, vous méprisiez mon fils et votre mère ;
Vous traitiez durement tous ceux que la misère
  Pour subsister obblige de servir ;
  Vous allez apprendre à les plaindre.
  Vous voyez qu'au sein du bonheur,
  Les retours du sort sont à craindre :
De vos cruels dédains reconnaissez l'erreur,
  Si mon fils allait vous les rendre ?
S'il allait à son tour....... Fanfan n'y tenant plus,

Tombe aux pied de Chloé, désespéré, confus,
La conjure de le reprendre.
Je servirai, lui dit-il, votre fils ;
Je le respecterai, je lui serai soumis.
C'en fut assez pour cette sage mère,
Qui se sentait trop attendrir :
Elle embrassa son fils, quitta cet air sévère,
L'appela par son nom, loua son repentir,
Et désormais eut lieu de s'applaudir
De cette leçon salutaire.

Aubert.

Le Ruisseau et la Fontaine.

En passant près d'une fontaine
Où tous les villageois venaient prendre de l'eau,
Du fond de son lit un ruisseau
Qui, sans utilité, serpentait dans la plaine,
Lui dit : Je ne vois pas pourquoi
Tu souffres tous les jours cette foule importune
Qui se rassemble autour de toi ;
Ton onde t'appartient et tu la rends commune !
Tu devrais faire comme moi,
Qui, sachant qu'avant tout on doit vivre pour soi,
Jouis seul de mes eaux, et suis toujours tranquille.

La fontaine lui dit :Oh ! je n'en ferai rien ;
Car je cesserais d'être utile ;
Et le plus grand bonheur est de faire du bien.

REYRE.

Le Torrent et le Ruisseau.

Un torrent qui roulait ses flots impétueux,
Fier du bruit qu'il faisait en tombant des montagnes,
Insultait d'un air fastueux,
Un clair ruisseau dont l'onde arrosait les campagnes.
Le paisible ruisseau ne répondit qu'un mot :
» Malheur à ceux dont l'emploi redoutable
» Est de faire aux mortels un mal inévitable !
» Je n'envierai jamais un aussi triste lot.
» Quand ta bruyante voix me déclare la guerre,
» J'en triomphe, bien loin de m'en formaliser ;
» Je préfère à l'emploi de ravager la terre,
» Celui de la fertiliser.»

PESSELIER.

La Brebis et le Chien.

La brebis et le chien, de tous les tems amis,
Se racontaient un jour leur vie infortunée,

3

Ah ! disait la brebis, je pleure et je frémis
Quand je songe aux malheurs de notre destinée.
Toi, l'esclave de l'homme, adorant des ingrats,
      Toujours soumis, tendre et fidèle,
      Tu reçois pour prix de ton zèle,
      Des coups et souvent le trépas.
      Moi, qui tous les ans les habille,
Qui leur donne du lait et qui fume leurs champs,
Je vois chaque matin quelqu'un de ma famille
      Assassiné par ces méchants.
Leurs confrères les loups dévorent ce qui reste.
      Victimes de ces inhumains,
Travailler pour eux seuls, et mourir par leurs mains,
      Voilà notre detin funeste !
Il est vrai, dit le chien : mais crois-tu plus heureux
      Les auteurs de notre misère ?
      Va, ma sœur, il vaut encor mieux
      Souffrir le mal que de le faire.

FLORIAN.

La Rose et l'Immortelle.

Un beau jour de printems, la jeune Eléonore
Descendit au jardin pour cueillir un bouquet :
Attirant ses regards, le jasmin et l'œillet
      La rendaient incertaine encore.

Bientôt elle aperçoit, dans le coin d'un bosquet,
La rose qui venait d'éclore ;
Un bouton, doux présent de Flore,
Par sa forme l'embellissait.
A ses pieds s'élevait une simple immortelle;
Son éclat était sa fraîcheur ;
Moins vive que la rose, et peut-être moins belle,
Elle plaisait par sa douceur.
Eléonore aussitôt vole
A l'endroit où ces fleurs croissaient paisiblement,
Et n'écoutant qu'un goût frivole,
Elle choisit la rose et s'en pare à l'instant.
Son attente fut bien trompée :
La rose lui plaisait d'abord,
Mais le soir elle était fanée,
L'immortelle était fraîche encore.

Jeunesse, imprudente jeunesse !
Tu preféres à la sagesse
Un faux éclat qui te séduit;
Apprends le sort qui te menace :
Il est un âge où la beauté s'éfface,
Et la vertu jamais ne se détruit.

Mélle Hombert.

Flore et l'Enfant.

Un enfant par hasard entra dans un jardin
Que Flore avait orné des fleurs les plus brillantes :
Roses, œillets, jonquilles, amaranthes,
        Vinrent s'offrir aux yeux de mon lutin.
        La beauté de ces fleurs le tente ;
Il voudrait, s'il pouvait, les cueillir à la fois.
Mais Flore n'en laissa qu'une seule à son choix.
        Il choisit donc la plus brillante ;
Je veux dire la rose, et sur elle soudain
        Il se mit à porter la main ;
        Mais comme il la sentit blessée
Par les traits dont la fleur se trouvait hérissée,
        Indigné de sa trahison,
Va, péris, lui dit-il, sur ton triste buisson.
        Je vais chercher une autre rose
Qui, plus belle que toi, n'aura point d'aiguillon,
        Il le fit bien ; mais à quoi bon ?
        Ce fut partout la même chose.
Voilà donc mon marmot qui se met à pleurer,
De ce qu'il ne peut pas avoir ce qu'il désire.
De ses pleurs enfantins Flore se mit à rire.
        Cependant, pour le rassurer,
Elle lui dit : Mon fils, en vain tu te chagrines.

Tu ne pourras point rencontrer
De roses qui soient sans épines.
Console-toi, pourtant, et cesse de gémir.
Il ne tient quà toi de jouir
De cette fleur qui fait l'objet de ton envie.
Pour en venir à bout, tu n'as qu'à m'obéir.
Arrache tous les traits dont elle est investie :
Ensuite, sans danger, tu pourras la cueillir.

A tout jeune écolier je dis la même chose.
Votre étude, ainsi que la rose,
A ses épines, ses ennuis ;
Surmontez-les d'abord avec courage ;
Et puis vous aurez l'avantage
D'en recueillir sans peine et les fleurs et les fruits.

REYRE.

Les deux Enfans.

Un jour, Perrinet et Collin,
Deux enfans du même âge, entrés dans un jardin,
S'égayaient à la promenade,
Et sous des maronniers, faisaient mainte gambade.
Ils trouvèrent sur le gazon
Un fruit plein de piquants, fait comme un hérisson.
Colin le ramassa. Son petit camarade

3 *

Le crut un sot. Tu tiens, dit-il, un mets
Des plus friands pour les baudets :
C'est un chardon, et ton goût est étrange.
Pour moi, je vois des pommes d'or :
Voilà mon fait, et la main qui me démange,
Perrinet à l'instant se saisit d'une orange,
Et croit posséder un trésor
La couleur du métal que l'univers adore,
Séduit jusqu'aux enfans. Celui-ci, bien joyeux,
Admire un si beau fruit, et s'imagine encore
Qu'il est d'un goût délicieux.
Il y fut attrapé, notre petit compère,
Car cette orange était amère.
Aussitôt qu'il en eut goûté,
Il la jeta bien loin. Colin, de son côté,
S'était piqué les doigts, mais sa persévérance,
Surmontant la difficulté,
Trouve un maron pour récompense.
Ce maron hérissé figure la science,
Qui, sous des dehors épineux,
Cache d'excellents fruits, tandis que l'ignorance,
Sous une riante apparence,
Produit des fruits amers et souvent dangereux.

RICHER.

La Vigne et le Vigneron.

La vigne se plaignait un jour au vigneron
De ce qu'il lui coupait maint et maint rejeton
Dont le feuillage épais et le bois inutile,
    Loin de la rendre plus fertile,
    Epuisaient en vain sa vigueur.
    Eh ! pourquoi donc, lui disait-elle,
    Me traitez vous avec tant de rigueur ?
    Pour mon bien vous montrez du zèle,
    Je suis l'objet de vos sueurs ;
Vous m'aimez, cependant vous m'arrachez des pleurs.
    L'amour est-il donc si sévère?
Que vous pénétrez peu dans mon intention,
Lui répondit alors le prudent vigneron ;
Vous croyez que ces coups partent de ma colère
    Ah ! connaissez mieux mon dessein :
    Dans le mal que j'ai pu vous faire,
Votre intérêt à seul conduit ma main.
Si je ne coupais point tout ce bois inutile,
    Bientôt vous deviendriez stérile ;
Au lieu qu'en vous faisant répandre quelque pleurs,
    Je vous rends beaucoup plus fertile,
Et de Bacchus sur vous j'attire les faveurs.

C'est à vous , jeunes gens , que ma fable s'adresse.
Connaissez à ces traits l'amour et la sagesse
    De ceux qui veillent sur vos mœurs.
S'ils vous font quelques fois éprouver leurs rigueurs ,
Ce n'est pas que pour vous ils manquent de tendresse ;
Ils cherchent seulement à vous rendre meilleurs.

Reyre.

La Rose et la Sensitive.

La rose, un jour , dit à la sensitive :
    Dans nos jardins si tu nais quelquefois ,
      Pour ton existence chétive
    On te dédaigne , et de moi l'on fait choix.
    Dès le printemps tout le monde s'empresse
De rendre hommage à mes charmes naissants ,
    L'on me recherche , et toujours j'intéresse,
    De la beauté vois les attraits puissants !
Ma sœur , de vos appas soyez un peu moins fière ,
J'en connais tout le prix mais parlons sans détours ,
    La beauté n'a qu'un tems pour plaire ,
    Et le sentiment plaît toujours.

Louis Fayeulle.

L'Oiseau, le Prunier et l'Amandier.

Un jeune oiseau, perché sur un prunier,
Vit tout à coup un amandier :
Le bel arbre ! dit-il, et quel charmant feuillage !
Allons goûter ses fruits ; je gage
Qu'ils sont mûrs et délicieux.
A ces mots, fendant l'air d'un vol impétueux,
L'oiseau bientôt, ainsi qu'il le désire,
Se trouve transporté sur l'arbre qu'il admire.
Lors, aux amandes s'attachant,
Il veut les entamer, mais inutilement ;
Et de son bec en vain il épuise la force :
» Ce fruit, dit-il, est dur, amer, et dégoûtant.»

Ne nous étonnons pas de son raisonnement :
Il ne jugéait que par l'écorce.

MAD. DE GENLIS.

Les Bergers.

Guillot criait au loup un jour par passe tems.
Un tel cri mit l'alarme aux champs.
Tous les bergers du voisinage
Coururent au secours : Guillot se moqua d'eux ;
Il s'en retournèrent honteux,

Pestant contre Guillot et son vain badinage.
Mais rira bien, dit-on, qui rira le dernier !
Deux jours après un loup, avide de carnage,
Un véritable loup cervier,
Malgré Guillot et son chien, faisait rage,
Et se ruait sur le troupeau.
Au loup ! s'écria-t-il ; au loup! tout le hameau
Rit à son tour : A d'autre, je vous prie,
Répondit-on : l'on ne nous y prend plus.
Guillot le goguenard fit des cris superflus ;
On crut que c'était fourberie,
Et le loup désola toute la bergerie.
Un menteur n'est point écouté,
Même en disant la vérité.

RICHER.

La Rose et le Buisson.

Une rose croissait à l'abri d'un buisson,
Et cette rose un peu coquette,
N'aimait pas son humble retraite ;
C'était même à l'entendre, une horrible prison.
Son gardien lui disait : Patience, ma chère,
Profite de mon ombre, elle t'est salutaire,
C'est elle du midi qui t'épargne les feux,
Grâces à mes dards épineux,
Des insectes rongeurs tu ne crains pas l'outrage ;

Je te défends encor des vents et de l'orage :
    Chéris donc ton asile obscur ;
    Il n'est pas beau, mais il est sûr.
La rose est indignée ; elle n'en veut rien croire :
    Vivre ainsi, c'est vieillir sans gloire.
Un bûcheron paraît : « Accours, dit-elle, ami ;
Sois mon libérateur ; fais tomber sous ta hache
    Ce vilain buisson qui me cache. »
Le manant, empressé, n'en fait pas à demi ;
Il abat le buisson ; partant, plus de tutelle :
    La rose de s'en réjouir :
    Elle va donc s'épanouir,
Charmer tous les regards, attirer autour d'elle
    Le folâtre essaim des zéphirs ;
Rose, on va l'appeler des roses la plus belle.
O fortuné destin ! ô comble des plaisirs !
    Tandis que la jeune orgueilleuse
Rêve ainsi le bonheur, et vit d'enchantement,
    Voilà qu'une chenille affreuse
A découvert sa tige, y grimpe lentement,
Et sur son bouton frais se traîne insolemment ;
    Un escargot, plus vil encore,
    Vient souiller ses attraits naissants :
Le soleil, à son tour, de ses rayons brûlants
    La frappe, elle se décolore :
    Dans le chagrin qui la dévore,
Elle songe au buisson ; mais, regrets superflus :

Ce doux abri n'existe plus
Qu'arrive t-il enfin ? la rose
Se fane, tombe et meurt, hélas ! à peine éclose.

N'oubliez pas cette leçon,
Innocentes beautés, orgueil de vos familles,
Vos mamans, voilà ce buisson :
Croissez toujours à l'ombre, ou gare les chenilles!

BAILLY.

La Main droite et la Main gauche.

Tandis que sa main droite achevait un tableau,
Certain professeur en peinture
Gourmandait sa main gauche, et disait : La nature
T'a fait là, pauvre peintre ! un assez sot cadeau.
Jamais une esquisse, une ébauche,
Un simple trait peut-il sortir de ma main gauche ?...
Sait-elle tenir un pinceau ?
Non, pas même un crayon ! cependant, maladroite,
N'as-tu pas cinq doigts bien comptés?
Pour faire en tout mes volontés,
Qu'as-tu de moins que ma main droite ?
Beaucoup, Monsieur, répond pour le membre accusé
L'un des cinq doigts ; le petit doigt, sans doute ;

Doigt très instruit, doigt très rusé,
Doigt qui sait ce qu'il dit comme tel qui l'écoute.
La main gauche à la droite est semblable en tous points,
Dans l'état de nature ou l'état d'ignorance,
Car c'est tout un ; mais quelle différence
Entre ces sœurs bientôt s'établit par vos soins,
Vers la droite en tout tems portés de préférence !
La main droite est toujours en opération,
La main gauche en repos ; voilà toute l'affaire.
On ne peut devenir habile à ne rien faire.
Au seul défaut d'instruction,
Attribuez, monsieur, l'impuissance où nous sommes.
Croyez-vous l'éducation
Moins nécessaire aux mains qu'aux hommes?

ARNAULT.

La Fortune et le jeune Enfant

Sur le bord d'un puits très profond
Dormait, étendu de son long,
Un enfant alors dans ses classes:
Tout est aux écoliers couchette et matelas.
Un honnête homme en pareil cas,
Aurait fait un saut de vingt brasses.
Près de là tout heureusement
La fortune passa ; l'éveilla doucement,

Lui disant : Mon mignon, je vous sauve la vie ;
Soyez une autre fois plus sage, je vous prie.
Si vous fussiez tombé, l'on s'en fût pris à moi ;
        Cependant c'était votre faute.
        Je vous demande, en bonne foi,
        Si cette imprudence si haute
Provient de mon caprice. Elle part à ces mots.
        Pour moi, j'approuve son propos.
        Il n'arrive rien dans le monde
        Qu'il ne faille qu'elle en réponde :
        Nous la faisons de tous écots ;
Elle est prise à garant de toutes aventures.
Est-on sot, étourdi, prend-on mal ses mesures ;
On pense en être quitte en accusant son sort :
        Bref, la fortune a toujours tort.

LAFONTAINE.

L'Enfant et le Miroir.

Un enfant élevé dans un pauvre village
Revint chez ses parents, et fut surpris d'y voir
        Un miroir.
        D'abord il aima son image ;
Et puis, par un travers bien digne d'un enfant,
        Et même d'un être plus grand,
        Il veut outrager ce qu'il aime,

Lui fait une grimace, et le miroir la rend.
Alors son dépit est extrême ;
Il lui montre un poing menaçant.
Il se voit menacé de même.
Notre marmot fâché s'en vient, en frémissant,
Battre cette image insolente ;
Il se fait mal aux mains : sa colère en augmente ;
Et, furieux, au désespoir,
Le voilà devant ce miroir,
Criant, pleurant, frappant la glace.
Sa mère, qui survient, le console, l'embrasse,
Tarit ses pleurs, et doucement lui dit :
N'as-tu pas commencé par faire la grimace
A ce méchant enfant qui cause ton dépit ?
—Oui.—Regarde à présent : tu souris, il sourit ;
Tu tends vers lui les bras, il te les tend de même ;
Tu n'es plus en colère, il ne se fâche plus :
De la société tu vois ici l'emblême ;
Le bien, le mal, nous sont rendus,

FLORIAN.

Le Danseur de corde et le Balancier.

Sur la corde tendue un jeune voltigeur
Apprenait à danser ; et déjà son adresse,
Ses tours de force, de souplesse,

Faisaient venir maint spectateur.
Sur son étroit chemin on le voit qui s'avance ;
Le balancier en main , l'air libre , le corps droit ,
Hardi, léger autant qu'adroit ;
Il s'élève , descend , va, vient , plus haut s'élance,
Retombe , remonte en cadence
Et , semblable à certains oiseaux
Qui rasent en volant la surface des eaux ,
Son pied touche sans qu'on le voie ,
A la corde qui plie et dans l'air le renvoie.
Notre jeune danseur , tout fier de son talent ,
Dit un jour : A quoi bon ce balancier pesant
Qui me fatigue et m'embarrasse ?
Si je dansais sans lui , j'aurais bien plus de grâce,
De force et de légèreté.
Aussitôt fait que dit. Le balancier jeté,
Notre étourdi chancelle, étend les bras et tombe.
Il se cassa le nez , et tout le monde en rit.

Jeunes gens, jeunes gens, ne vous a-t-on pas dit
Que sans règle et sans frein tôt ou tard on succombe?
La vertu, la raison, les lois , l'autorité,
Dans vos désirs fougueux vous causent quelque peine ;
C'est le balancier qui vous gêne ,
Mais qui fait votre sûreté.

Florian.

La Guenon, le Singe et la Noix.

Une jeune guenon cueillit
Une noix dans sa coque verte ;
Elle y porte la dent, fait la grimace.... Ah ! certe,
Dit-elle , ma mère mentit
Quand elle m'assura que les noix étaient bonnes.
Puis, croyez aux discours de ces vieilles personnes
Qui trompent la jeunesse ! Au diable soit le fruit !
Elle jette la noix. Un singe la ramasse ,
Vîte entre deux cailloux la casse,
L'épluche, la mange et lui dit :
Votre mère eut raison, ma mie ,
Les noix ont fort bon goût ; mais il faut les ouvrir :
Souvenez-vous que, dans la vie ,
Sans un peu de travail on n'a point de plaisir.

FLORIAN.

Le Linot.

Une linotte avait un fils
Qu'elle adorait selon l'usage ;
C'était l'unique fruit du plus doux mariage ,
Et le plus beau linot qui fut dans le pays.

Sa mère en était folle , et tous les témoignages
Que peuvent inventer la tendresse et l'amour
Etaient pour eet enfant épuisés chaque jour.
Notre jeune linot , fier de ces avantages ,
Se croyait un phénix , prenait l'air suffisant ,
      Tranchait du petit important
      Avec les oiseaux de son âge ;
Persiflait la mésange ou bien le roitelet ,
      Donnait à chacun son paquet ,
Il se faisait haïr de tout le voisinage.
Sa mère lui disait: Mon cher fils , sois plus sage ,
Plus modeste surtout. Hélas ! je conçois bien
Les dons , les qualités qui furent ton partage ;
      Mais feignons de n'en savoir rien ,
      Pour qu'on les aime daventage.
      A tout cela notre linot
      Répondait par quelque bon mot,
La mère en gémissait dans le fond de son âme.
      Un vieux merle , ami de la dame ,
Lui dit : Laissez aller votre fils au grand bois ,
      Je réponds qu'avant un mois
Il sera sans défauts. Vous jugez des alarmes
De la mère , qui pleure et frémit du danger;
Mais le jeune linot brûlait de voyager.
      Il partit donc malgré ses larmes.
      A peine est-il dans la forêt,
      Que notre petit personnage

Du pivert entend le ramage,
Et se moque de son fausset.
Le pivert, qui prit mal cette plaisanterie,
Vient à bons coups de bec plumer le persifleur,
Et, deux jours après, une pie
Le dégoûte à jamais du métier de railleur.
Il lui restait encor la vanité secrète
De se croire excellent chanteur;
Le rossignol et ia fauvette
Le guérirent de son erreur.
Bref, il retourna chez sa mère
Doux, poli, modeste et charmant.

Ainsi l'adversité fit, dans un seul moment,
Ce que tant de leçons n'avaient jamais pu faire.

FLORIAN.

La Carpe et les Carpillons

Prenez garde, mes fils, côtoyez moins le bord,
Suivez le fond de la rivière;
Craignez la ligne meurtrière,
Ou l'épervier plus dangereux encor.
C'est ainsi que parlait une carpe de Seine
A de jeunes poissons, qui l'écoutaient à peine.
C'était au mois d'avril; les neiges, les glaçons,

Fondus par les zéphyrs, descendaient des montagnes;
Le fleuve enflé par eux s'élève à gros bouillons,
  Et déborde dans les campagnes.
   Ah! ah! criaient les carpillons,
   Qu'en dis-tu, carpe radoteuse?
   Crains-tu pour nous les hameçons?
Nous voilà citoyens de la mère orageuse;
Regarde; on ne voit plus que les eaux et le ciel,
   Les arbres sont cachés sous l'onde,
   Nous sommes les maîtres du monde,
   C'est le déluge universel.
Ne croyez pas cela, répond la vieille mère;
Pour que l'eau se retire il ne faut qu'un instant:
Ne vous éloignez pas, et, dè peur d'accident,
Suivez, suivez toujours le fond de la rivière.
Bat! disent les poissons, tu répètes toujours
   Mêmes discours.
Adieu, nous allons voir notre nouveau domaine.
   Parlant ainsi, nos étourdis
   Sortent tous du lit de la Seine,
Et s'en vont dans les eaux qui couvrent le pays.
  Qu'arriva-t-il? les eaux se retirèrent,
   Et les carpillons demeurèrent;
   Bientôt ils furent pris —
    Et frits.

Pourquoi quittaient-ils la rivière?
Pourquoi? je le sais trop hélas!
C'est qu'on se croit toujours plus sage que sa mère,
C'est qu'on veut sortir de sa sphère,
C'est que.... c'est que.... je ne finirais pas.

FLORIAN.

Le Diamant et le Lapidaire.

Un diamant informe et tout couvert de terre,
Ne pouvait consentir à se laisser tailler;
Et d'abord que le lapidaire
S'occupait à le travailler.
Pourquoi, lui disait-il, me mettre à la torture?
On dit souvent que la nature
M'a donné trop de dûreté;
Mais vous avez sans doute une âme encor plus dure.
Ah! mettez fin, de grâce, à votre cruauté,
Et tirez-moi de cette roue,
Où je me vois si maltraité.
—Oui, mon ami, dit l'ouvrier, j'avoue
Que je vous traite avec rigueur:
Mais, si ma main, trop indulgente,
N'avait soin de polir votre masse brillante,
Vous resteriez toujours sans prix et sans valeur.
Souffrez donc, mon ami, souffrez un peu de gêne:

Il faut souffrir, dit-on, pour être beau.
Le diamant enfin souffre, bien qu'avec peine,
Et ce n'est point en vain; car dès que le ciseau
    L'a dépouillé de la matière
      Qui voilait son front radieux,
Par l'éclat enchanteur de sa vive lumière,
      Il frappe, il ravit les yeux;
      Et ceux qui l'avaient vu naguère,
      Brut, raboteux, couvert de terre,
Comprennent, en voyant ses feux étincelants,
      Qu'inutilement la nature
Nous aurait départi les dons les plus brillans,
      Si le travail et la culture
      Ne faisaient valoir ses présens.

Reyre.

Le vieux Papillon et le jeune.

Fuyez, mon fils, fuyez cette flamme infidelle,
    Disait un jour à son cher nourrisson
    Un vieux routier de papillon,
Moi-même maintes fois je m'y suis brûlé l'aîle;
Moi-même maintes fois j'ai manqué d'y rester.
Fuyez-la donc vous dis-je, avec un soin extrême.
Le jeune papillon promit de l'éviter.

Mais pourquoi donc, disait-il, en lui-même,
Me tant recommander d'éviter ce flambeau ?
Il est si brillant et si beau !
Les vieilles gens sont trop timides ;
Un nain leur paraît un géant,
Un petit moucheron leur est un éléphant.
S'il fallait les prendre pour guides,
L'on ne verrait partout que piége, que danger,
Voyons donc ces lueurs qu'on nous dit si perfides,
Et mettons-nous nous-même en état d'en juger.
A ces mots tout autour des flammes homicides,
Notre papillonneau se met à voltiger.
Il n'y ressent d'abord qu'une chaleur flatteuse ;
Il suit cette amorce trompeuse,
De plus près il veut la sentir.
La flamme, par sa violence,
Le consume et le fait périr.
Voilà ce que produit la désobéissance.

REYRE.

Le Chêne et l'Arbrisseau.

Après avoir appris sa leçon de grammaire,
Un jeune enfant avec son père
Se promenait au jardin,

Lorqu'ils trouvèrent en chemin
Un arbrisseau dont la tempête
Avait courbé la tige et fait plier la tête.
A l'aspect de cet accident,
Le père, qui voulait à son fils, en passant,
Donner un avis salutaire :
Voyez-vous, lui dit-il, mon fils, cet arbrisseau?
Il était droit, il fait à présent le berceau ;
Allez le rétablir dans sa forme première.
Volontiers, papa, dit l'enfant,
Aussitôt il le prend, et sans beaucoup de peine
Il le redresse au même instant.
Fort bien, dit le Mentor : mais regardez ce chêne,
Que son poids vers le sol entraîne :
Quoique déjà fort avancé
Il aurait bien besoin d'être un peu redressé.
Allez, allez aussi lui rendre ce service.
Oh, oh ! dit l'enfant en riant,
Papa, pour moi quel exercice !
Je le tenterais vainement ;
L'arbre est trop vieux pour qu'il fléchisse.
Je me serais chargé de la commission
Lorsqu'il était encor dans son enfance ;
Mais de le redresser, ce n'est plus la saison ;
Et quand même j'aurais la force de Samson,
Je ne pourrais jamais vaincre sa résistance.
—Oui, mon fils, vous avez raison,

Reprit alors le père, et cette expérience
Pour vous doit être une leçon.
Ces deux arbres sont notre image :
Nos penchants vicieux, pendant le premier âge,
Sont faciles à corriger,
Mais on ne peut plus les changer
Lorsqu'ils sont raffermis par le tems et l'usage.

Le Pêcher et le Mûrier.

Un pêcher, les amours et l'espoir de son maître,
Du jardin l'arbre favori,
Le printemps ne faisait que naître,
S'applaudissait d'être déjà fleuri :
Il avise un mûrier, tout aussi sec encore
Que dans les froids les plus cuisants :
Aucun signe de vie ; on n'y voit rien éclore,
Feuilles ni fleurs, ses rameaux languissants
Sont encore tout transis, à la honte de Flore.
L'ami, dit le pêcher, que te sert le printemps ?
Ta paresse le déshonore.
Déjà, de sa touchante voix,
Philomèle l'annonce aux échos de ces bois ;
Toute la nature s'éveille ;
Dès le matin, une aurore vermeille

Vient nous arroser de ses pleurs,
Nectar délicieux des arbres et des fleurs ;
Cependant, paresseux, le zéphir a beau faire,
Tu dors quand tout est éveillé ;
Que ne m'imites-tu ? regarde, considère
Comme j'ai déjà travaillé ;
Me voilà tout fleuri, d'une belle espérance
Voilà déjà mon maître régalé.
Je lui tiendrai parole, il peut compter d'avance
Qu'au nombre de mes fleurs, mon fruit est égalé.
A peine l'arbre a-t-il parlé
Qu'un vent de bise souffle, et détruit tout l'ouvrage ;
Du pêcher la fleur déménage,
Et tout espoir de fruit avec elle envolé,
Lui laisse à peine attendre un stérile feuillage.
Eh bien ! dit le mûrier, avais-je donc grand tort
De ne me pas presser si fort ?
Zéphir a beau souffler, je crains encor la bise ;
Sache qu'il faut à tems commencer l'entreprise,
Quand on veut en venir à bout :
L'impatience gâte tout.

Le Cochet, le Chat et le Souriceau.

Un souriceau tout jeune, et qui n'avait rien vu,
Fut presque pris au dépourvu.

Voici comme il conta l'aventure à sa mère :
J'avais franchi les monts qui bornent cet état,
Et trottais comme un jeune rat
Qui cherche à se donner carrière,
Lorsque deux animaux m'ont arrêté les yeux :
L'un doux, benin et gracieux,
Et l'autre turbulent, et plein d'inquiétude ;
Il a la voix perçante et rude,
Sur la tête un morceau de chair,
Une sorte de bras dont il s'élève en l'air
Comme pour prendre sa volée,
La queue en panache étalée.
Or, c'était un cochet dont notre souriceau
Fit à sa mère le tableau
Comme d'un animal venu de l'Amérique,
Il se battait, dit-il, les flancs avec ses bras,
Faisant tel bruit et tel fracas,
Que moi, qui grâce aux dieux de courage me pique,
En ai pris la fuite de peur,
Le maudissant de très bon cœur.
Sans lui j'aurais fait connaissance
Avec cet animal qui m'a semblé si doux :
Il est velouté comme nous,
Marquetté, longue queue, une humble contenance,
Un modeste regard et pourtant l'œil luisant.
Je le crois fort sympathisant
Avec messieurs les rats, car il a des oreilles

En figure aux nôtres pareilles.
Je l'allais aborder, quand d'un son plein d'éclat
L'autre m'a fait prendre la fuite.
Mon fils, dit la souris, ce doucet est un chat,
Qui, sous son minois hypocrite,
Contre toute ta parenté
D'un malin vouloir est porté.
L'autre animal, tout au contraire,
Bien éloigné de nous mal faire,
Servira quelque jour peut-être à nos repas.
Quant au chat, c'est sur nous qu'il fonde sa cuisine.

Gardes-toi tant que tu vivras,
De juger des gens sur la mine.

LA FONTAINE.

Le Château de Cartes.

Un bon mari, sa femme et deux jolis enfants
Coulaient en paix leurs jours dans le simple ermitage
Où, paisibles comme eux, vécurent leurs parents.
Ces époux, partageant les doux soins du ménage,
Cultivaient leur jardin, recueillaient leurs moissons,
Et le soir, dans l'été, soupant sous le feuillage,
Dans l'hiver devant leurs tisons,
Ils prêchaient à leurs fils la vertu, la sagesse,

Leur parlaient du bonheur qu'ils procurent toujours :
Le père, par un conte égayait ses discours,
La mère par une caresse.
L'aîné de ces enfans, né grave, studieux,
Lisait et méditait sans cesse ;
Le cadet, vif, léger, mais plein de gentillesse,
Sautait, riait toujours, ne se plaisait qu'aux jeux.
Un soir, selon l'usage, à côté de leur père,
Assis près d'une table où s'appuyait la mère,
L'aîné lisait Rollin : le cadet, peu soigneux
D'appendre les hauts faits des Romains et des Parthes,
Employait tout son art, toutes ses facultés,
A joindre, à soutenir par les quatre côtés
Un fragile château de cartes.
Il n'en respirait pas d'attention, de peur.
Tout à coup voici le lecteur
Qui s'interrompt : Papa, dit-il, daigne m'instruire
Pourquoi certains guerriers sont nommés conquérants,
Et d'autres fondateurs d'empire :
Ces deux noms sont-ils différents ?
Le père méditait une réponse sage,
Lorsque son fils cadet, transporté de plaisir,
Apres tant de travail, d'avoir pu parvenir
A placer son second étage,
S'écrie : Il est fini ! son frère murmurant,
Se fâche, et d'un seul coup détruit son long ouvrage ;
Et voilà le cadet pleurant.

Mon fils, répond alors le père,
Le fondateur c'est votre frère,
Et vous êtes le conquérant.

FLORIAN.

Le Rossignol et le Prince.

Un jeune prince, avec son gouverneur,
Se promenait dans un bocage,
Et s'ennuyait, suivant l'usage ;
C'est le profit de la grandeur.
Un rossignol chantait sous le feuillage :
Le prince l'aperçoit, et le trouve charmant ;
Et, comme il était prince, il veut dans le moment
L'attraper et le mettre en cage.
Mais pour le prendre il fait du bruit,
Et l'oiseau fuit.
Pourquoi donc, dit alors son altesse en colère,
Le plus aimable des oiseaux
Se tient-il dans les bois, farouche et solitaire,
Tandis que mon palais est rempli de moineaux ?
C'est, lui dit le Mentor, afin de vous instruire
De ce qu'un jour vous devez éprouver :
Les sots savent tous se produire ;
Le mérite se cache, il faut l'aller trouver.

FLORIAN.

Le Lièvre et la Perdrix.

Il ne se faut jamais moquer des misérables:
Car qui peut s'assurer d'être toujours heureux?
  Le sage Esope dans ses fables
  Nous en donne un exemple ou deux.
  Celui qu'en ces vers je propose,
  Et les siens, ce sont même chose.
Le lièvre et la perdrix, concitoyens d'un champ,
Vivaient dans un état, ce semble, assez tranquille,
  Quand une meute s'approchant
  Oblige le premier à chercher un asile;
Il s'enfuit dans son fort, met les chiens en défaut,
  Sans même en excepter Brifaut.
  Enfin il se trahit lui-même
Par les esprits sortant de son corps échauffé.
  Miraut, sur leur odeur ayant philosophé
Conclut que c'est son lièvre, et d'une ardeur extrême
Il le pousse, et Rustaut, qui n'a jamais menti,
  Dit que le lièvre est reparti,
Le pauvre malheureux vient mourir à son gîte.
  La perdrix le raille et lui dit :
  Tu te vantais d'être si vite !
Qu'as-tu fais de tes pieds? au moment qu'elle rit,
Son tour vient; on la trouve, elle croit que ses ailes

La sauront garantir toute extrémité ;
Mais la pauvrette avait compté
Sans l'autour aux serres cruelles.

LAFONTAINE.

Le Gland et la Citrouille

Dieu fait bien ce qu'il faits. Sans en chercher la preuve
En tout cet univers, et l'aller parcourant,
Dans les citrouilles je la treuve.
Un villageois, considérant
Combien ce fruit est gros et sa tige menue :
A quoi songeait, dit-il, l'auteur de tout cela ?
Il a bien mal placé cette citrouille-là !
Hé parbleu ! je l'aurais pendue
A l'un des chênes que voilà ;
C'eût été justement l'affaire :
Tel fruit, tel arbre, pour bien faire.
C'est dommage, Garo, que tu n'es point entré
Au conseil de celui que prêche ton curé ;
Tout en eût été mieux : car pourquoi, par exemple,
Le gland, qui n'est pas gros comme mon petit doigt,
Ne pend-il pas en cet endroit ?
Dieu s'est mépris : plus je contemple
Ces fruits ainsi placés, plus il semble à Garo

Que l'on a fait un quiproquo.
Cette réflexions embarrassant notre homme :
On ne dort point, dit-il, quand on a tant d'esprit.
Sous un chêne aussitôt il va prendre son somme.
    Un gland tombe : le nez du dormeur en pâtit.
Il s'éveille ; et, portant la main sur son visage,
Il trouve encor le gland pris au poîl du menton.
Son nez meurtri le force à changer de langage.
Oh ! oh ! dit-il, je saigne ! Et que serait-ce donc
S'il fût tombé de l'arbre nne masse plus lourde,
    Et que ce gland eût été gourde ?
Dieu ne l'a pas voulu : sans doute il eût raison;
    J'en vois bien à présent la cause.
    En louant Dieu de toute chose
    Garo retourne à la maison.

LAFONTAINE.

Le Grillon.

    Un pauvre petit grillon
    Caché dans l'herbe fleurie
    Regardait un papillon
    Voltigeant dans la prairie.
L'insecte ailé brillait des plus vives couleurs ;
L'azur, le pourpre et l'or éclataient sur ses ailes ;

Jeune, beau, petit maître, il court de fleurs en fleurs,

Prenant et quittant les plus belles.

Ah! disait le grillon, que son sort et le mien

Sont différens! dame nature

Pour lui fit tout, et pour moi rien.

Je n'ai point de talent, encor moins de figure :

Nul ne prend garde à moi, l'on m'ignore ici-bas :

Autant vaudrait n'exister pas.

Comme il parlait, dans la prairie

Arrive une troupe d'enfants :

Aussiôt les voilà courants

Après ce papillon dont ils ont tous envie.

Chapeaux, mouchoirs, bonnets, servent à l'attraper.

L'insecte vainement cherche à leur échapper,

Il devient bientôt leur conquête.

L'un le saisit par l'aile, un autre par le corps;

Un troisième survient, et le prend par la tête:

Il ne fallait pas tant d'efforts

Pour déchirer la pauvre bête.

Oh! oh! dit le grillon, je ne suis plus faché;

Il en coûte trop eher pour briller dans le monde.

Combien je vais aimer ma retraite profonde!

Pour vivre heureux, vivons caché.

FLORIAN.

Le Charretier embourbé.

Le Phaéton d'une voiture à foin
Vit son char embourbé. Le pauvre homme était loin
De tout humain secours : c'était à la campagne,
Près d'un certain canton de la Basse-Bretagne
Appelé Quimper-Corentin.
On sait assez que le destin
Adresse là les gens quand il veut qu'on enrage.
Dieu nous préserve du voyage !
Pour venir au chartier embourbé dans ces lieux,
Le voilà qui déteste et jure de son mieux,
Pestant, en sa fureur extrême,
Tantôt contre les trous, puis contre ses chevaux,
Contre son char, contre lui-même.
Il invoque à la fin le dieu dont les travaux
Sont si célèbres dans le monde :
Hercule, lui dit-il, aide-moi ; si ton dos
A porté la machine ronde,
Ton bras peut me tirer d'ici.
Sa prière étant faite, il entend dans la nue
Une voix qui lui parle ainsi :
Hercule veut qu'on se remue ;
Puis il aide les gens. Regarde d'où provient
L'achoppement qui te retient ;

Ote d'autour de chaque roue
Ce malheureux mortier, cette maudite boue
Qui jusqu'à l'essieu les enduit;
Prends ton pic, et me romps ce caillou qui te nuit;
Comble-moi cette ornière. As-tu fais? Oui, dit l'homme.
Or bien je vais t'aider, dit la voix, prends ton fouet.
Je l'ai pris. Qu'est-ce ci! mon char marche à souhait!
Hercule en soit loué. Lors la voix : tu vois comme
Tes chevaux aisément se sont tirés de là !

Aide-tôi, le ciel t'aidera.

LAFONTAINE.

Le Vieillard et ses Enfans.

Toute puissance est faible, à moins que d'être unie:
Ecoutez là-dessus l'esclave de Phrygie.
Si j'ajoute du mien à son invention,
C'est pour peindre nos mœurs et non point par envie;
Je suis trop au-dessous de cette ambition.
Phèdre enchérit souvent par un motif de gloire;
Pour moi, de tels pensers me seraient mal-séants.
Mais venons à la fable, ou plutôt à l'histoire
De celui qui tâcha d'unir tous ses enfants.
Un vieillard près d'aller où la mort l'appelait,
Mes chers enfans, dit-il, (à ses fils il parlait),

Voyez si vous romprez ces dards liés ensemble :
Je vous expliquerai le nœud qui les assemble.
L'aîné les ayant pris, et fait tous ses efforts,
Les rendit en disant : Je le donne aux plus forts.
Un second lui succède, et se met en posture,
Mais en vain. Un cadet tente aussi l'aventure.
Tous perdirent leur temps ; le faisceau résista :
De ces dards joints ensemble un seul ne s'éclata.
Faibles gens, dit le père, Il faut que je vous montre
Ce que ma force peut en semblable rencontre.
On crut qu'il se moquait ; on sourit, mais à tort :
Il sépare les dards, et les rompt sans effort.
Vous voyez, reprit-il, l'effet de la concorde :
Soyez joints, mes enfans ; que l'amour vous accorde
Tant que dura son mal., il n'eut autre discours.
Enfin se sentant près de terminer ses jours,
Mes chers enfans, dit-il, je vais où sont nos pères ;
Adieu : Promettez-moi de vivre comme frères ;
Que j'obtienne de vous cette grâce en mourant.
Chacun de ses trois fils l'en assure en pleurant.
Il prend à tous les mains ; il meurt, et les trois frères
Trouvent un bien fort grand; mais fort mêlé d'affaires.
Un créancier saisit, un voisin fait procès :
D'abord notre trio s'en tire avec succès.
Leur amitié fut courte autant qu'elle était rare.
Le sang les avait joints, l'ictérêt les sépare :

L'ambition, l'envie, avec les consultants,
Dans la succession entrent en même tems.
On en vient au partage, on conteste, on chicane :
Le juge sur cent points tour à tour les condamne.
Créanciers et voisins reviennent aussitôt,
Ceux-là sur une erreur, ceux-ci sur un défaut.
Les frères désunis sont tous d'avis contraire :
L'un veut s'accomoder, l'autre n'en veut rien faire.
Tous perdirent leur bien, et voulurent trop tard
Profiter de ces dards unis et pris à part.

LAFONTAINE.

Le Loup, la Chèvre, et le Chevreau.

La bique, allant remplir sa traînante mamelle,
Et paître l'herbe nouvelle,
Ferma sa porte au loquet,
Non sans dire à son biquet :
Gardez-vous, sur votre vie,
D'ouvrir que l'on ne vous le die,
Pour enseigne et mot du guet :
Foin du loup et de sa race !
Comme elle disait ces mots,
Le loup, de fortune, passe ;
Il les recueille à propos,

Et les garde en sa mémoire.
La bique, comme on peut croire,
N'avait pas vu le glouton.
Dès qu'il la voit partie, il contrefait son ton
Et, d'une voix papelarde,
Il demande qu'on ouvre, en disant, foin du loup !
Et croyant entrer tout d'un coup.
Le biquet soupçonneux par la fente regarde :
Montrez-moi patte blanche, ou je n'ouvrirai point,
S'écria-t-il d'abord. Patte blanche est un point
Chez les loups, comme on sait, rarement en usage.
Celui-ci, fort surpris d'entendre ce langage,
Comme il était venu s'en retourna chez soi,
Où serait le biquet s'il eût ajouté foi
Au mot du guet, que de fortune,
Notre loup avait entendu ?

Deux sûretés valent mieux qu'une ;
Et le trop en cela ne fut jamais perdu.

LAFONTAINE.

Le Lion et le Rat.

Il faut, autant qu'on peut, obliger tout le monde :
On a souvent besoin d'un plus petit que soi.
De cette vérité deux fables feront foi ;

Tant la chose en preuves abonde.
Entre les pattes d'un lion
Un rat sortit de terre assez à l'étourdie.
Le roi des animaux, en cette occasion,
Montra ce qu'il était, et lui donna la vie.
Ce bienfait ne fut pas perdu.
Quelqu'un aurait-il jamais cru
Qu'un lion d'un rat eût affaire?
Cependant il advint qu'au sortir des forêts
Ce lion fut pris dans des rêts,
Dont ses rugissements ne le purent défaire.
Sire rat accourut, et fit tant par ses dents
Qu'une maille rongée emporta tout l'ouvrage.
Patience et longueur de tems
Font plus que force ni que rage.

LAFONTAINE.

La Colombe et la Fourmi.

L'autre exemple est tiré d'animaux plus petits.
Le long d'un clair ruisseau buvait une colombe,
Quand sur l'eau se penchant une fourmi y tombe;
Et dans cet Océan l'on eût vu la fourmi
S'efforcer, mais en vain, de regagner la rive.

La colombe aussitôt usa de charité :
Un brin d'herbe dans l'eau par elle étant jeté,
Ce fut un promontoire où la fourmi arrive.
Elle se sauve ; et là-dessus
Passe un certain croquant qui marchait les pieds nus.
Le croquant, par hasard, avait une arbalète.
Dès qu'il voit l'oiseau de Vénus,
Il le croit en son pot, et déjà lui fait fête.
Tandis qu'à le tuer mon villageois s'apprête,
La fourmi le pique au talon.
Le vilain retourne la tête :
La colombe l'entend, part, et tire de long.
Le souper du croquant avec elle s'envole :
Point de pigeon pour une obole.

LAFONTAINE.

Phébus et Borée.

Borée et le soleil virent un voyageur
Qui s'était muni par bonheur
Contre le mauvais tems. On entrait dans l'automne,
Quand la précaution aux voyageurs est bonne :
Il pleut, le soleil luit ; et l'écharpe d'Iris
Rend ceux qui sortent avertis
Qu'en ces mois le manteau leur est fort nécessaire :
Les latins les nommaient douteux, pour cette affaire.

6 *

Notre homme s'était donc à la pluie attendu :
Bon manteau bien doublé, bonne étoffe bien forte.
Celui-ci, dit le vent, prétend avoir pourvu
A tous les accidents; mais il n'a pas prévu
    Que je saurai souffler de sorte
Qu'il n'est bouton qui tienne : il faudra, si je veux,
    Que le manteau s'en aille au diable.
L'ébattement pourrait nous en être agréable :
Vous plait-il de l'avoir ? eh bien, gageons nous deux,
    Dit Phébus, sans tant de paroles,
A qui plus tôt aura dégarni les épaules
    Du cavalier que nous voyons.
Commencez ; je vous laisse obscurcir mes rayons.
Il n'en fallut pas plus. Notre souffleur à gage
Se gorge de vapeurs, s'enfle comme un ballon,
    Fait un vacarme de démon,
Siffle, souffle, tempête, et brise en son passage
Maint toit qui n'en peut mais, fait périr main bateau :
    Le tout au sujet d'un manteau.
Le cavalier eut soin d'empêcher que l'orage
    Ne pût sengouffrer dedans.
Cela le préserva. Le vent perdit son tems ;
Plus il se tourmentait, plus l'autre tenait ferme :
Il eut beau faire agir le colet et les plis.
    Sitôt qu'il fut au bout du terme
    Qu'à la gageure on avait mis,
    Le soleil dissipe la nue,

Récrée et puis pénétre enfin le cavalier,
    Sous son balandras fait qu'il sue,
    Le contraint de s'en dépouiller :
Encor n'usa-t-il point de toute sa puissance.
    Plus fait douceur que violence.

LAFONTAINE.

Le Pot de fer et le Pot de terre.

    Le pot de fer proposa
    Au pot de terre un voyage.
    Celui-ci s'en excusa,
    Disant qu'il serait que sage
    De garder le coin du feu :
    Car il lui fallait si peu,
    Si peu, que la moindre chose
    De son débrit serait cause ;
    Il n'en reviendrait morceau.
    Pour vous, dit-il, dont la peau
    Est plus dure que la mienne,
    Je ne vois rien qui vous tienne.
    Nous vous mettrons à couvert,
    Repartit le pot de fer !
    Si quelque matière dure
    Vous menace d'aventure,

Entre deux je passerai,
Et du coup vous sauverai.
Cette offre le persuade.
Pot de fer son camarade
Se met droit à ses côtés.
Mes gens s'en vont à trois pieds
Clopin clopant comme ils peuvent,
L'un contre l'autre jetés
Au moindre hoquet qu'ils treuvent.
Le pot de terre en souffre ; il n'eut pas fait cent pas
Que par son compagnon il fut mis en éclats,
Sans qu'il y eût lieu de se plaindre.
Ne nous associons qu'avec nos égaux ;
Ou bien il nous faudra craindre
Le destin d'un de ces pots.

Lafontaine.

Les Grenouilles qui demandent un roi.

Les grenouilles se lassant
De l'état démocratique,
Par leurs clameurs firent tant
Que Jupin les soumit au pouvoir monarchique.
Il leur tomba du ciel un roi tout pacifique :
Ce roi fit toutefois un tel bruit en tombant

Que la gent marécageuse,
Gent fort sotte et fort peureuse,
S'alla cacher sous les eaux,
Dans les joncs, dans les roseaux,
Dans les trous du marécage,
Sans oser de long-temps regarder au visage
Celui qu'elles croyaient être un géant nouveau.
Or c'était un soliveau,
De qui la gravité fit peur à la première
Qui, de le voir, s'aventurant,
Osa bien quitter sa tanière.
Elle approcha, mais en tremblant.
Une autre la suivit, une autre en fit autant :
Il en vint une fourmilière ;
Et leur troupe à la fin se rendit familière ;
Jusqu'à sauter sur l'épaule du roi.
Le bon sire le souffre, et se tient toujours coi.
Jupin en a bientôt la cervelle rompue :
Donnez-nous, dit ce peuple, un roi qui se remue !
Le monarque des Dieux leur envoie une grue,
Qui les croque, qui les tue,
Qui les gobe à son plaisir ;
Et grenouilles de se plaindre,
Et Jupin de leur dire : eh quoi ! votre désir
A ses lois croit-il nous astreindre ?
Vous avez dû premièrement
Garder votre gouvernement

Mais ne l'ayant pas fait, il vous devait suffire
Que votre premier roi fut débonnaire et doux :

De celui-ci contentez-vous,
De peur d'en rencontrer un pire.

La Fontaine.

<hr>

Le petit Poisson et le Pêcheur.

Petit poisson deviendra grand,
Pourvu que Dieu lui prête vie ;
Mais le lâcher en attendant,
Je tiens pour moi que c'est folie :
Car de le rattraper il n'est pas trop certain.
Un carpeau, qui n'était encore que fretin,
Fut pris par un pêcheur au bord d'une rivière :
Tout fait nombre, dit l'homme, en voyant son butin ;
Voilà commencement de chère et de festin :
Mettons-le en notre gibecière.
Le pauvre carpillon lui dit en sa manière :
Que ferez-vous de moi ? je ne saurais fournir
Au plus qu'une demie bouchée :
Laissez-moi carpe devenir :
Je serai par vous repêchée ;
Quelque gros partisan m'achètera bien cher.
Au lieu qu'il vous en faut chercher

Peut-être encor cent de ma taille
Pour faire un plat : quel plat ! croyez-moi, rien qui
[vaille.
Rien qui vaille ! eh bien ! soit, repartit le pêcheur :
Poisson, mon bel ami, qui faites le prêcheur,
Vous irez dans la poële ; et, vous avez beau dire,
Dès ce soir on vous fera frire.

Un tiens vaut, ce dit-on, mieux que deux tu l'auras :
L'un est sûr ; l'autre ne l'est pas.

LAFONTAINE.

La Brebis et le Chien.

Le vieux berger Lycas reposait près d'un hêtre,
Le fidèle médor, couché près de son maître,
De ses soins caressants lui demandait le prix,
Et d'un bon déjeûner savourait les débris.
» De l'homme voyez l'injustice,
«S'écrie une brebis : Ah ! c'est avec raison
» Que je me plains de son caprice.
«Je donne à cet ingrat tous les ans ma toison ;
«Ma laine habille son ménage ;
«Il s'engraisse de mon laitage,
«Sans me récompenser en aucune façon ;
«Jamais d'avoine ni de son ;
«Il faut, pour me nourrir, bravant fatigue, orage,

«Arracher brin à brin, l'herbe du pâturage
            «Où je viens après la moisson.
        «Cependant mon maître partage
        «Son pain, sa soupe et son fromage,
«Avec ce favori, ce médor, ce beau chien,
«Qui le flatte toujours, et ne lui donne rien.»
Dame brebis faisait ainsi la raisonneuse,
                Quand tout à coup
                Paraît un loup,
        Qui veut étrangler la prêcheuse.
Le valeureux médor sur lui fond en grondant.
Le terrasse, et le fait expirer sous sa dent.
        «Vous le voyez, belle prêcheuse,
        «Dit-il alors à l'envieuse :
«Les beaux troupeaux sont de grands biens,
«Mais qui veut les garder doit avoir de bons chiens.»

M. le comte de Ségur.

Combat des Rats et des Belettes.

        La nation des belettes,
        Non plus que celle des chats,
    Ne veut aucun bien aux rats :
        Et sans les portes étroites
        De leurs habitations,

L'animal à longue échine
En ferait, je m'imagine,
De grandes destructions.
Or, une certaine année
Qu'il en était à foison,
Leur roi, nommé Ratapon,
Mit en campagne une armée.
Les belettes, de leur part,
Déployèrent l'étendard.
Si l'on croit la renommée,
La victoire balança :
Plus d'un guéret s'engraissa
Du sang de plus d'une bande.
Mais la perte la plus grande
Tomba presque en tous endroits
Sur le peuple souriquois :
Sa déroute fut entière ;
Quoi que pût faire Artarpax,
Psicarpax, Méridarpax,
Qui, tout couverts de poussière,
Soutinrent assez long-tems
Les efforts des combattans.
Leur résistance fut vaine,
Il fallut céder au sort :
Chacun s'enfuit au plus fort,
Tant soldat que capitaine.
Les princes périrent tous.

La racaille, dans des trous
Trouvant sa retraite prête,
Se sauva sans grand travail;
Mais les seigneurs sur leur tête
Ayant chacun un plumail,
Des cornes ou des aigrettes,
Soit comme marques d'honneur,
Sot afin que les belettes
En conçussent plus de peur,
Cela leur porta malheur.
Trou, ni fente, ni crevasse,
Ne fut large assez pour eux:
Au lieu que la populace
Entrait dans les moindres creux.
La principale jonchée
Fut donc des principaux rats.
Une tête empanachée
N'est pas petit embarras.
Le trop superbe équipage
Peut souvent en un passage
Causer du retardement.
Les petits, en toute affaire
Esquivent fort aisément;
Les grands ne le peuvent faire.

LAFONTAINE.

Le Lièvre et la Tortue.

Rien ne sert de courir: il faut partir à point.
Le lièvre et la tortue en sont un témoignage.
Gageons, dit celle-ci, que vous n'atteindrez point
Sitôt que moi ce but. Sitôt, êtes-vous sage?
  Repartit l'animal léger:
  Ma commère, il vous faut purger
  Avec quatre grains d'ellébore.
 Sage ou non, je parie encore
  Ainsi fut fait: et de tous deux
  On mit près du but les enjeux.
  Savoir quoi, ce n'est pas l'affaire,
  Ni de quel juge l'on convint.
Notre lièvre n'avait que quatre pas à faire;
J'entends de ceux qu'il fait lorsque, près d'être atteint,
Il s'éloigne des chiens, les renvoie aux calandes,
  Et leur fait arpenter les landes.
Ayant, dis-je, du tems de reste pour brouter,
  Pour dormir, et pour écouter
 D'où vient le vent, il laisse la tortue
  Aller son train de sénateur.
  Elle part, elle s'évertue:
  Elle se hâte avec lenteur.
Lui cependant méprise une telle victoire,
  Tient la gageure à peu de gloire,

Croit qu'il y va de son honneur
De partir tard. Il broute, il se repose,
Il s'amuse à tout autre chose
Qu'à la gageure. A la fin, quand il vit
Que l'autre touchait presque au bout de la carrière,
Il partit comme un trait, mais les élans qu'il fit
Furent vains : la tortue arriva la première,
Hé! bien, lui cria-t-elle, n'avais-je pas raison?
De quoi vous sert votre vitesse?
Moi l'emporter! et que serait-ce
Si vous portiez une maison?

LAFONTAINE.

Le Chat la Belette et le petit Lapin.

Du palais d'un jeune lapin
Dame belette un beau matin
S'empara : c'est une rusée.
Le maître étant absent, ce lui fut chose aisée.
Elle porta chez lui ses pénates, un jour
Qu'il était allé faire à l'aurore sa cour
Parmi le thym et la rosée.
Après qu'il eut brouté, trotté, fait tous ses tours,
Jeannot lapin retourne aux souterrains séjours.
La belette avait mis le nez à la fenêtre

O dieux hospitaliers! que vois-je ici paraître?
Dit l'animal chassé du paternel logis.
      Holà! madame la belette,
      Que l'on déloge sans trompette
Ou je vais avertir tous les rats du pays.
La dame au nez-pointu répondit que la terre
      Etait au premier occupant.
      C'était un beau sujet de guerre
Qu'un logis où lui-même il n'entrait qu'en rampant!
      Et quand ce serait un royaume,
Je voudrais bien savoir, dit-elle, quelle loi
      En a pour toujours fait l'octroi
A Jean, fils ou neveu de Pierre ou de Guillaume,
      Plutôt qu'à Paul, plutôt qu'à moi.
Jean lapin allégua la coutume et l'usage :
Ce sont, dit-il, leurs lois qui m'ont de ce logis
Rendu maître et seigneur, et qui, de père en fils,
L'ont de Pierre à Simon, puis à moi Jean transmis.
Le premier occupant, est-ce une loi plus sage?
      Or bien, sans crier davantage,
Rapportons-nous, dit-elle, à Rominagrobis
C'était un chat vivant comme un dévot ermite,
      Un chat faisant la chattemite,
Un saint homme de chat, bien fourré, gros et gras,
      Arbitre expert sur tous les cas.
      Jean lapin pour juge l'agrée.
      Les voilà tous deux arrivés

7*

Devant sa majesté fourrée.
Grippeminaud leur dit: Mes enfants, approchez,
Approchez; je suis sourd, les ans en sont la cause,
L'un et l'autre approcha, ne craignant nulle chose.
Aussitôt qu'à portée il vit les contestants,
   Grippeminaud le bon apôtre,
Jetant des deux cotés la griffe en même tems,
Mit les plaideurs d'accord en croquant l'un et l'autre.
Ceci ressemble fort aux débats qu'ont parfois
Les petits souverains se rapportant anx rois.

LAFONTAINE.

Les Membres et l'Estomac.

  Je devrais par la royauté
  Avoir commencé mon ouvrage:
  A la voir d'un certain côté,
  Messer Gaster en est l'image:
S'il a quelque besoin, tout le corps s'en ressent.

De travailler pour lui les membres se lassant,
Chacun d'eux résolut de vivre en gentilhomme,
Sans rien faire, alléguant l'exemple de Gaster.
Il faudrait, disaient-ils, sans nous, qu'il vécut d'air:
Nous suons, nous peinons comme bêtes de somme;
Et pour qui? pour lui seul: nous n'en profitons pas;

Notre soin n'aboutit qu'à fournir ses repas.
Chômons; c'est un métier qu'il veut nous faire
[apprendre.
Ainsi dit, ainsi fait. Les mains cessent de prendre,
Les bras d'agir, les jambes de marcher.
Tous dirent à Gaster qu'il en allât chercher.
Ce leur fut une erreur dont ils se repentirent :
Bientôt les pauvres gens tombèrent en langueur :
Il ne se forma plus de nouveau sang au cœur;
Chaque membre en souffrit; les forces se perdirent.
Par ce moyen, les mutins virent
Que celui qu'ils croyaient oisif et paresseux
A l'intérêt commun contribuait plus qu'eux.
Ceci peut s'appliquer à la grandeur royale.
Elle reçoit et donne, et la chose est égale.
Tout travaille pour elle, et réciproquement
Tout tire d'elle l'aliment,
Elle fait subsister l'artisan de ses peines,
Enrichit le marchand, gage le magistrat,
Maintient le laboureur, donne paie au soldat,
Distribue en cent lieux ses grâces souveraines,
Entretient seule tout l'état.
Ménénius le sut bien dire :
La commune s'allait séparer du sénat.
Les mécontens disaient qu'il avait tout l'empire,
Le pouvoir, les trésors, l'honneur, la dignité;
Au lieu que tout le mal était de leur côté,

Les tributs, les impôts, les fatigues de guerre.
Le peuple hors des murs était déja posté,
La plupart s'en allaient chercher une autre terre,
       Quand Ménénius leur fit voir
       Qu'ils étaient aux membres semblables,
Et par cet apologue, insigne entre les fables,
       Les ramena dans leur devoir.

LAFONTAINE.

Le Savetier et le Financier.

Un savetier chantait du matin jusqu'au soir :
       C'était merveille de le voir,
Merveille de l'ouir ; il faisait des passages,
       Plus content qu'aucun des sept sages.
Son voisin, au contraire, était tout cousu d'or,
       Chantait peu, dormait moins encor :
       C'était un homme de finance.
Si sur le point du jour parfois il sommeillait,
Le savetier alors en chantant l'éveillait ;
       Et le financier se plaignait
       Que les soins de la Providence
N'eussent pas au marché fait vendre le dormir,
       Comme le manger et le boire.
       En son hôtel il fait venir
Le chanteur et lui dit : Or, ça, sire Grégoire,

Que gagnez-vous par an ? Par an ! ma foi, monsieur,
     Dit avec un ton de rieur
Le gaillard savetier, ce n'est point ma manière
De compter de la sorte ; et je n'entasse guère
Un jour sur l'autre : il suffit qu'à la fin
     J'attrappe le bout de l'année;
     Chaque jour amène son pain.
Eh bien ! que gagnez-vous, dites-moi, par journée?
Tantôt plus, tantôt moins : le mal est que toujours,
(Et sans cela nos gains seraient assez honnêtes,)
Le mal est que dans l'an s'entremêlent des jours
     Qu'il faut chômer; on nous ruine en fêtes :
L'une fait tort à l'autre; et monsieur le curé
De quelque nouveau saint charge toujours son prône.
Le financier, riant de sa naïveté,
Lui dit: Je vous veux mettre aujourd'hui sur le trône.
Prenez ces cent écus : gardez-les avec soin,
     Pour vous en servir au besoin.
Le savetier crut voir tout l'argent que la terre
     Avait, depuis plus de cent ans,
     Produit pour l'usage des gens.
Il retourne chez lui : dans sa cave il enserre
     L'argent, et sa joie à la fois.
     Plus de chant : il perdit la voix
Du moment qu'il gagna ce qui causa nos peines.
     Le sommeil quitta son logis;
     Il eut pour hôtes les soucis,

Les soupçons, les alarmes vaines.
Tout le jour il avait l'œil au guet ; et la nuit,
Si quelque chat faisait du bruit,
Le chat prenait l'argent. A la fin le pauvre homme
S'en courut chez celui qu'il ne réveillait plus :
Rendez-moi, lui dit-il, mes chansons et mon somme ;
Et reprenez vos cent écus.

Le Vieillard et les trois jeunes Hommes.

Un octogénaire plantait.
Passe encor de bâtir ; mais planter à cet âge !
Disaient trois jouvenceaux, enfants du voisinage :
Assurément il radotait.
Car, au nom des dieux, je vous prie,
Quel fruit de ce labeur pouvez-vous recueillir ?
Autant qu'un patriarche il vous faudrait vieillir.
A quoi bon charger votre vie
Des soins d'un avenir qui n'est pas fait pour vous ?
Ne songez désormais qu'à vos erreurs passées ;
Quittez le long espoir et les vastes pensées ;
Tout cela ne convient qu'à nous.
Il ne convient pas à vous-mêmes,
Repartit le vieillard. Tout établissement
Vient tard et dure peu. La main des Parques blêmes
De vos jours et des miens se joue également.

Nos termes sont pareils par leur courte durée.
Qui de nous des clartés de la voûte azurée
Doit jouir le dernier ? est-il aucun moment
Qui vous puisse assurer d'un second seulement ?
Mes arrière-neveux me devront cet ombrage :
   Hé bien ! défendez-vous au sage
De se donner des soins pour le plaisir d'autrui ?
Cela même est un fruit que je goûte aujourd'hui :
J'en puis jouir demain, et quelques jours encore ;
   Je puis enfin compter l'aurore
   Plus d'une fois sur vos tombeaux.
Le vieillard eut raison : l'un des trois jouvenceaux
Se noya dès le port, allant à l'Amérique ;
L'autre, afin de monter aux grandes dignités,
Dans les emplois de Mars servant la république,
Par un coup imprévu vit ses jours emportés ;
   Le troisième tomba d'un arbre
   Que lui-même il voulut enter :
Et pleurés du vieillard, il grava sur leur marbre
   Ce que je viens de raconter.

LAFONTAINE.

Les deux Chèvres

  Dès que les chèvres ont brouté,
  Certain esprit de liberté

Leur fait chercher fortune : elles vont en voyage
Vers les endroits du paturage
Les moins fréquentés des humains.
Là, s'il est quelque lieu sans route et sans chemins,
Un rocher, quelque mont pendant en précipices,
C'est où ces dames vont promener leurs caprices.
Rien ne peut arrêter cet animal grimpant.
Deux chèvres donc s'émancipant,
Toutes deux ayant pattes blanche
Quittèrent les bas prés, chacune de sa part :
L'une vers l'autre allait pour quelque bon hasard.
Un ruisseau se rencontre, et pour pont une planche.
Deux belettes à peine auraient passé de front
Sur ce pont :
D'ailleurs, l'onde rapide, et le ruisseau profond
Devaient faire trembler de peur ces amazones.
Malgré tant de dangers, l'une de ces personnes
Pose un pied sur la planche, et l'autre en fait autant.
Je m'imagine voir, avecque Louis-le-Grand,
Philippe quatre qui s'avance
Dans l'île de la conférence.
Ainsi s'avançaient pas à pas,
Nez à nez, nos aventurières,
Qui, toutes deux étant fort fières,
Vers le milieu du pont ne se voulurent pas
L'une à l'autre céder. Elles avaient là gloire
De compter dans leur race, à ce que dit l'histoire,

L'une, certaine chèvre au mérite sans pair,
Dont Polyphême fit présent à Galatée;
Et l'autre, la chèvre Amalthée
Par qui fut nourri Jupiter.
Faute de reculer, leur chute fut commune :
Toutes deux tombèrent dans l'eau.

Cet accident n'est pas nouveau
Dans le chemin de la fortune.

LAFONTAINE.

La Poule aux œufs d'or.

L'avarice perd tout en voulant tout gagner.
Je ne veux, pour le témoigner,
Que celui dont la poule, à ce que dit la fable,
Pondait tous les jours un œuf d'or.
Il crut que dans son corps elle avait un trésor :
Il la tua, l'ouvrit, et la trouva semblable
A celles dont les œufs ne lui rapportaient rien,
S'étant lui-même ôté le plus beau de son bien.

Belle leçon pour les gens chiches !
Pendant ces derniers temps, en a-t-on vus
Qui du soir au matin sont pauvres devenus
Pour vouloir trop tôt être riches.

LAFONTAINE.

Le Meunier, son fils, et l'Ane.

J'ai lu dans quelque endroit qu'un meunier et son fils,
L'un, vieillard, l'autre, enfant, non pas des plus petits,
Mais garçon de quinze ans, si jai bonne mémoire,
Allaient vendre leur âne, un certain jour de foire.
Afin qu'il fût plus frais et de meilleur débit,
On lui lia les pieds, on vous le suspendit :
Puis cet homme et son fils le portent comme un lustre,
Pauvres gens! idiots, couple ignorant et rustre!
Le premier qui les vit de rire s'éclata :
Quelle farce, dit-il, vont jouer ces gens-là?
Le plus âne des trois n'est pas celui qu'on pense.
Le meunier, à ces mots, connaît son ignorance :
Il met sur ses pieds sa bête, et la fait détaler.
L'âne, qui goûtait fort l'autre façon d'aller,
Se plaint en son patois. Le meunier n'en a cure,
Il fait monter son fils, il suit; et d'aventure,
Passent trois bons marchands, cet objet leur déplut.
Le plus vieux au garçon s'écria tant qu'il put :
Oh là! oh! descendez, que l'on ne vous le dise,
Jeune homme, qui menez laquais à barbe grise!
C'était à vous de suivre, au vieillard de monter.
Messieurs, dit le meunier, il vous faut contenter.
L'enfant met pied à terre, et puis le vieillard monte,
Quand trois filles passant, l'une dit : C'est grand honte

Qu'il faille voir ainsi clocher ce jeune fils,
Tandis que ce nigaud, comme un évêque assis,
Fait le veau sur son âne, et pense être bien sage.
Il n'est, dit le meunier, plus de veaux à mon âge :
Passez votre chemin, la fille, et m'en croyez.
Après maints quolibets coup sur coup renvoyés,
L'homme crut avoir tort, et mit son fils en croupe.
Au bout de trente pas, une troisième troupe
Trouve encore à gloser. L'un dit : Ces gens sont fous !
Le baudet n'en peut plus ; il mourra sous leurs coups.
Hé quoi ! charger ainsi cette pauvre bourrique !
N'ont-ils point de pitié de leur vieux domestique ?
Sans doute qu'à la foire ils vont vendre sa peau.
Parbleu ! dit le meunier, est bien fou de cerveau
Qui prétend contenter tout le monde et son père.
Fssayons toutefois si par quelque manière
Nous en viendrons à bout : Ils descendent tous deux :
L'âne se prélassant marche seul devant eux.
Un quidam les rencontre, et dit : Est-ce la mode
Que baudet aille à l'aise, et meunier s'incommode ?
Qui de l'âne ou du maître est fait pour se lasser ?
Je conseille à ces gens de le faire enchâsser.
Ils usent leurs souliers, et conservent leur âne !
Nicolas, au rebours : car, quand il va voir Jeanne,
Il monte sur sa bête ; et la chanson le dit.
Beau trio de baudet ! le meunier repartit :
Je suis âne, il est vrai, j'en conviens, je l'avoue,

Mais que dorénavant on me blâme, on me loue,
Qu'on dise quelque chose, ou qu'on ne dise rien,
J'en veux faire à ma tête. Il le fit, et fit bien.
Quant à vous, suivez Mars, ou l'amour, ou le prince,
Allez, venez, courez; demeurez en province;
Prenez femme, abbaye, emploi, gouvernement:
Les gens en parleront, n'en doútez nullement.

LAFONTAINE.

La Besace.

Jupiter dit un jour : Que tout ce qui respire
S'en vienne comparaître aux pieds de ma grandeur :
Si dans son composé quelqu'un trouve à redire
  Il peut le déclarer sans peur,
  Je mettrai remède à la chose.
Venez, singe, parlez le premier, et pour cause :
Voyez ces animaux, faites comparaison
  De leurs beautés avec les vôtres.
Etes-vous satisfait? Moi, dit-il, pourquoi non ?
N'ai-je pas quatre pieds aussi bien que les autres ;
Mon portrait jusqu'ici ne m'a rien reproché :
Mais pour mon frère l'ours, on ne l'a qu'ébauché,
Jamais, s'il me veut croire, il ne se fera peindre.
L'ours venant là-dessus, on crut qu'il s'allait plaindre,
Tant s'en faut : de sa forme il se loua très fort;

Glosa sur l'éléphant, dit qu'on pouvait encor
Ajouter à sa queue, ôter à ses oreillles :
Que c'était une masse informe et sans beauté.
L'éléphant étant écouté,
Tout sage qu'il était, dit des choses pareilles :
Il jugea qu'à son appétit
Dame baleine était trop grosse;
Dame fourmi trouva le ciron trop petit,
Se croyant pour elle un colosse.
Jupin les renvoya s'étant censurés tous,
Du reste, contents d'eux. Mais parmi les plus fous
Notre espèce excella, car tout ce que nous sommes,
Lynx envers nos nos pareils, et taupes envers nous ,
Nous nous pardonnons tout, et rien aux autres hommes
On se voit d'un autre œil qu'on ne voit son prochain.

Le fabricateur souverain
Nous créa besaciers tous de même manière,
Tant ceux du temps passé que du temps d'aujourd'hui :
Il fit pour nos défauts la poche de derrière ,
Et celle de devant pour les défauts d'autrui.

LAFONTAINE.

***

Les Frelons et les Mouches à miel.

A l'œuvre on connaît l'artisan.
Quelques rayons de miel sans maître se trouvèrent :

8 *

Des frelons le réclamèrent ;
Des abeilles s'opposant,
Devant certaine guêpe on traduisit la cause.
Il était malaisé de décider la chose :
Les témoins déposaient qu'autour de ces rayons
Des animaux ailés, bourdonnants, un peu longs,
De couleur fort tannée, et tels que les abeilles,
Avaient long-temps paru. Mais quoi ! dans les frelons
Ces enseignes étaient pareilles.
La guêpe, ne sachant que dire à ces raisons,
Fit enquête nouvelle, et, pour plus de lumières,
Entendit une fourmilière
Le point n'en put être éclairci,
De grâce, à quoi bon tout ceci.
Dit une abeille fort prudente,
Depuis tantôt six mois que la cause est pendante,
Nous voici comme aux premiers jours.
Pendant cela le miel se gâte,
Il est temps désormais que le juge se hâte :
N'a-t-il point assez léché l'ours ?
Sans tant de contredits et d'interlocutoires,
Et de fatras, et de grimoires,
Travaillons ; les frelons et nous :
On verra qui sait faire, avec un miel si doux,
Des cellules si bien bâties.
Le refus des frelons fit voir
Que cet art passait leur savoir :

Et la guêpe adjugea le miel à leurs parties.

Plût à Dieu qu'on réglât ainsi tous les procés !
Que des Turcs en cela on suivit la méthode !
Le simple sens commun nous tiendrait lieu de code,
Il ne faudrait point tant de frais.

Le Miroir.

Un miroir merveilleux et d'utile fabrique,
Où se peignait par art le naturel des gens,
Attirait, au milieu d'une place publique,
Les regards de tous les passants.
J'ignore chez quel peuple, il n'emporte quel temps.
Chacun glose à l'envi sur ce tableau fidelle.
Arrive une coquette, elle y voit traits pour traits
Ses petits soins jaloux, et ses penchants secrets ;
Sans mentir, voilà bien le portrait d'Isabelle !
Présomption, desirs, mépris d'autrui : c'est elle,
C'est son ésprit tout pur, je la reconnais là.
Le joli miroir que voilà !
Et combien je m'envais humilier la belle !
Un petit-maître succéda,
Et la glace aussitôt présente pour image
Beaucoup d'orgueil et fort peu de raison.
Parbleu ! je suis ravi que l'on ait peint Damon,
S'écrie, en se mirant, l'important personnage.

Je voudrais que, pour devenir sage,
De ce miroir malin il prit quelque leçon.
Après ce fat vint un vieil Harpagon,
D'une espèce tout-à-fait rare.
Il tire une lunette, et se regarde bien ;
Puis ricanant d'un air bizarre ;
C'est triste, dit-il, ce vieux fou, cet avare,
Qui se ferait fouetter pour accroître son bien ;
J'aurais un vrai plaisir à montrer sa lésine,
Et paierais de bon cœur cette glace-divine,
Si l'on me la donnait pour rien.
Mille gens vicieux, sur les pas de cet homme,
Tour à tour firent voir la même bonne foi,
Chacun deux reconnut dans le brillant fantôme
Qui l'un, qui l'autre, et jamais soi.
Tout homme est vain, tout homme aime à médire :
On rirait moins des traits de la satire
Si la présomption d'où naquit le dédain
Entre eux et nous ne mettait le prochain.

Aubert.

Le Geai paré des plumes du Paon.

Un paon muoit : un geai prit son plumage ;
Puis après se l'accommoda ;
Puis parmi d'autres paons, tout fier, se panada,

Croyant être un beau personnage.
Quelqu'un le reconnut : il se vit bafoué,
Berné, sifflé, moqué, joué,
Et par messieurs les paons plumé d'étrange sorte :
Même vers ses pareils s'étant réfugié,
Il fut par eux mis à la porte.

Il est assez de geais à deux pieds comme lui,
Qui se parent souvent des dépouilles d'autrui,
Et que l'on nomme plagiaires.
Je m'en tais, et ne veux leur causer nul ennui :
Ce ne sont pas là mes affaires.

LAFONTAINE.

La Grenouille qui se veut faire aussi grosse que le Bœuf.

Une grenouille vit un bœuf
Qui lui sembla de belle taille.
Elle, qui n'était pas grosse en tout comme un œuf,
Envieuse, s'étend, et s'enfle, et se travaille,
Pour égaler l'animal en grosseur ;
Disant : Regardez bien, ma sœur,
Est-ce assez ? dites-moi ; n y suis-je point encore ?
Nenni.—M'y voici donc ?—Point du tout.—M'y voilà ?
—Vous n'en approchez point. La chétive pécore
S'enfla si bien qu'elle creva.

Le monde est plein de gens qui ne sont pas plus sages,
Tout bourgeois veut bâtir comme les grands seigneurs;
Tout petit prince a des ambasadeurs :
Tout marquis veut avoir des pages.

LAFONTAINE.

L'âne vêtu de la peau du Lion.

De la peau du lion l'âne s'étant vêtu,
Etait craint par-tout à la ronde;
Et, bien qu'animal sans vertu;
Il faisait trembler tout le monde :
Un petit bout d'oreille échappé par malheur
Découvrit la fourbe et l'erreur,
Martin fit alors son office,
Ceux qui ne savaient pas la ruse et la malice
S'étonnaient de voir que Martin
Chassât les lions au moulin.

Force gens font du bruit en France
Par qui cet apologue est rendu familier.
Un équipage cavalier
Fait les trois quarts de leur vaillance.

LAFONTAINE.

Le Mulet se vantant de sa généalogie.

Le mulet d'un prélat se piquait de noblsse,
    Et ne parlait incessament
    Que de sa mère la jument,
    Dont il comptait mainte prouesse.
Elle avait fait ceci, puis avait été là.
    Son fils prétendait pour cela
    Qu'on le dût mettré dans l'histoire.
Il eût cru s'abaisser servant un médecin,
Etant devenu vieux, on le m it au m oulin
Son père l'âne alors lui revint en mémoire.

    Quand le malheur ne serait bon
    Qu'à mettre un sot à la raison,
    Toujours serait-ce à juste cause
    Qu'on le dit bon à quelque chose.

LAFONTAINE.

Le Singe qui montre la lanterne magique.

Messieurs les beaux esprits, dont la prose et les vers
Sont d'un style pompeux et toujours admirable,
Mais que l'on n'entend point, écoutez cette fable,
    Et tâchez de devenir clairs.

Un homme qui montrait la lanterne magique
    Avait un singe dont les tours
    Attiraient chez lui grand concours ;
Jacqueau, c'était son non, sur la corde élastique
    Dansait et voltigeait au mieux,
    Puis faisait le saut périlleux,
Et puis sur un cordon, sans que rien le soutienne,
    Le corps droit, fixe, d'aplomb,
    Notre Jacquau fait tout du long
    L'exercice à la prussienne.
Un jour qu'au cabaret son maître était resté
    (C'était, je pense, un jour de fête,)
    Notre singe en liberté
    Veut faire un coup de sa tête.
Il s'en va rassembler les divers animaux
    Qu'il peut rencontrer dans la ville ;
Chiens, chats, poulets, dindons, pourceaux,
    Arrivent bientôt à la file.
Entrez, entrez, messieurs, criait notre Jacqueau ;
C'est ici, c'est ici qu'un spectacle nouveau
Vous charmera gratis. Oui, messieurs, à la porte
On ne prend point d'argent, je fais tout pour l'honneur
    A ces mots, chaque spectateur
    Va se placer, et l'on apporte
La lanterne magique ; on ferme les volets,
    Et, par un discours fait exprès
    Jacqueau prépare l'auditoire :

Ce morceau vraiment oratoire
Fit bailler ; mais on applaudit.
Content de son succès, notre singe saisit
Un verre peint qu'il met dans sa lanterne :
Il sait comment on le gouverne,
Et crie en le poussant : Est-il rien de pareil ?
Messieurs, vous voyez le soleil,
Ses rayons et toute sa gloire.
Voici présentement la lune ; et puis l'histoire
D'Adam, d'Eve et des animaux.....
Voyez messieurs comme il sont beaux ;
Voyez la naissance du monde :
Voyez... Les spectateurs, dans une nuit profonde,
Ecarquillaient leurs yeux et ne pouvaient rien voir ;
L'appartement, le mur, tout était noir.
Ma foi, disait un chat, de toutes les merveilles
Dont il étourdit nos oreilles,
Le fait est que je ne vois rien.
Ni moi non plus, disait un chien.
Moi, disait un dindon, je vois bien quelque chose ;
Mais je ne sais pour quelle cause
Je ne distingue pas très bien.
Pendant tous ces discours, le cicéron moderne
Parlait éloquemment et ne se lassait point

Il n'avait oublié qu'un point,
C'était d'éclairer sa lanterne.

FLORIAN.

Le Singe et le Chat.

Bertrand avec Raton, l'un singe et l'autre chat,
Commensaux d'un logis, avaient un commun maître.
D'animaux malfaisans c'était un très bon plat :
Ils n'y craignaient tous deux aucun, quel qu'il pût être.
Trouvait-on quelque chose au logis de gâté,
L'on ne s'en prenait point aux gens du voisinage :
Bertrand dérobait tout ; Raton, de son côté,
Etait moins attentif aux souris qu'au fromage.
Un jour, au coin du feu, nos deux maîtres fripons
    Regardaient rôtir des marrons.
Les escroquer était une très bonne affaire :
Nos galans y voyaient double profit à faire ;
Leur bien, premièrement, et puis le mal d'autrui.
Bertrand dit à Raton : Frère, il faut aujourd'hui
    Que tu fasses un coup de maître :
Tire-moi ces marrons. Si Dieu m'avait fait naître
    Propre à tirer marrons du feu,
    Certes, marrons verraient beau jeu.
Aussitôt fait que dit : Raton, avec sa patte,
    D'une manière délicate,
Ecarte un peu la cendre, et retire les doigts ;
    Puis les reporte à plusieurs fois ;
Tire un marron, puis deux, et puis trois en escroque ;

Et cependant Bertrand les croque.
Une servante vient : adieu mes gens. Raton
N'était pas content, se dit-on.

Aussi ne le sont pas la plupart de ces princes
Qui, flattés d'un pareil emploi,
Vont s'échauder en des provinces
Pour le profit de quelque roi.

LAFONTAINE.

Le Coche et la Mouche.

Dans un chemin montant, sablonneux, malaisé,
Et de tous les côtés au soleil exposé,
Six forts chevaux tiraient un coche.
Femmes, moines, vieillards, tout était descendu ;
L'attelage suait, soufflait, était rendu
Une mouche survient, et des chevaux s'approche,
Prétend les animer par son bourdonnement,
Pique l'un, pique l'autre, et pense à tout moment
Qu'elle fait aller la machine,
S'assied sur le timon, sur le nez du cocher.
Aussitôt que le char chemine,
Et qu'elle voit les gens marcher,
Elle s'en attribue uniquement la gloire,
Va, vient, fait l'empressée : il semble que ce soit

Un sergent de bataille allant en chaque endroit
Faire avancer ses gens et hâter la victoire.

> La mouche, en ce commun besoin,

Se plaint qu'elle agit seule, et qu'elle a tout le soin ;
Qu'aucun n'aide aux chevaux à se tirer d'affaire.

> Le moine disait son bréviaire :

Il prenait bien son tems ! une femme chantait
C'était bien de chansons qu'alors il s'agissait !
Dame mouche s'en va chanter à leurs oreilles,

> Et fait cent sottises pareilles.

Après bien du travail, le coche arrive au haut.
Respirons maintenant ! dit la mouche aussitôt :
J'ai tant fait que nos gens sont enfin dans la plaine.
Ça, messieurs les chevaux, payez-moi de ma peine.

Ainsi certaines gens, faisant les empressés,

> S'introduisent dans les affaires :
> Ils font partout les nécessaires ;

Et, partout importuns, devraient être chassés.

Lafontaine.

L'Aigle, la Laie et la Chatte.

L'aigle avait ses petits au haut d'un arbre creux ,

> La laie au pied, la chatte entre les deux ;

Et sans s'incommoder, moyennant ce partage,
Mères et nourrissons faisaient leur tripotage.

La chatte détruisit par sa fourbe l'accord :
Elle grimpa chez l'aigle, et lui dit : Notre mort
(Au moins de nos enfans, car c'est tout nn aux mères)
Ne tardera possible guères.
Voyez-vous à nos pieds fouir incessamment
Cette maudite laie, et creuser une mine ?
C'est pour déraciner le chêne assurément,
Et de nos nourrissons attirer la ruine :
L'arbre tombant, ils seront dévorés ;
Qu'ils s'en tiennent pour assurés.
S'il m'en restait un seul, j'adoucirais ma plainte.
Au partir de ce lieu qu'elle remplit de crainte,
La perfide descend tout droit
A l'endroit
Où la laie était en gésine.
Ma bonne amie et ma voisine,
Lui dit-elle tout bas, je vous donne un avis :
L'aigle, si vous sortez, fondra sur vos petits.
Obligez-moi de n'en rien dire :
Son courroux tomberait sur moi.
Dans cette autre famille ayant semé l'effroi,
La chatte en son trou se retire.
L'aigle n'ose sortir, ni pourvoir aux besoins
De ses petits ; la laie encore moins :
Sottes de ne pas voir que le plus grand des soins
Ce doit être celui d'éviter la famine.
A demeurer chez soi l'une et l'autre s'obstine,

Pour secourir les siens dedans l'occasion ;
L'oiseau royal en cas de mine,
La laie en cas d'irruption.
La faim détruisit tout : il ne resta personne
De la gent marcassine et de la gent aiglonne
Qui n'allât de vie à trépas :
Grand renfort pour messieurs les chats.
Que ne sait point ourdir une langue traîtresse
Par sa pernicieuse adresse !
Des malheurs qui sont sortis
De la boîte de Pandore,
Celui qu'à meilleur droit tout l'univers abhorre,
C'est la fourbe à mon avis.

LAFONTAINE.

∞∞

Les Animaux malades de la peste.

Un mal qui répand la terreur,
Mal que le ciel en sa fureur
Inventa pour punir les crimes de la terre,
La peste (puisqu'il faut l'appeler par son nom),
Capable d'enrichir en un jour l'Achéron,
Faisait aux animaux la guerre.
Ils ne mouraient pas tous, mais tous étaient frappés :
On n'en voyait pas d'occupés
A chercher le soutien d'une mourante vie ;

Nul mets n'excitait leur envie :
Ni loups ni renards n'épiaient
La douce et l'innocente proie ;
Les tourterelles se fuyaient :
Plus d'amour, partant plus de joie.
Le lion tint conseil, et dit : Mes chers amis,
Je crois que le ciel a permis
Pour nos péchés cette infortune.
Que le plus coupable de nous
Se sacrifie aux traits du céleste courroux :
Peut-être il obtiendra la guérison commune.
L'histoire nous apprend qu'en de tels accidents
On fait de pareils dévoûments.
Ne nous flattons donc point ; voyons sans indulgence
L'état de notre conscience.
Pour moi, satisfaisant mes appétits gloutons,
J'ai dévoré force moutons.
Que m'avaient-ils fait ? nulle offense ;
Même il m'est arrivé quelques fois de manger
Le berger.
Je me dévoûrai donc, s'il le faut ; mais je pense
Qu'il est bon que chacun s'accuse ainsi que moi ;
Car on doit souhaiter, selon toute justice,
Que le plus coupable périsse.
Sire, dit le renard, vous êtes trop bon roi ;
Vos scrupules font voir trop de délicatesse
Eh ! bien, manger mouton, canaille, sotte espèce,

Est-ce un péché? non, non. Vous leur fîtes, seigneur,

En les croquant beaucoup d'honneur.

Et quant au berger, l'on peut dire

Qu'il était digne de tous maux,

Étant de ces gens-là qui sur les animaux

Se font un chimérique empire.

Ainsi dit le renard; et flatteurs d'applaudir.

On n'osa trop approfondir

Du tigre, ni de l'ours, ni des autres puissances,

Les moins pardonnables offenses :

Tous les gens querelleurs, jusqu'aux simples mâtins,

Au dire de chacun, étaient de petits saints.

L'âne vint à son tour, et dit : J'ai souvenance

Qu'en un pré de moines passant,

La faim, l'occasion, l'herbe tendre, et je pense,

Quelque diable aussi me poussant,

Je tondis de ce pré la largeur de ma langue.

Je n'en avais nul droit, puisqu'il faut parler net.

A ces mots on cria haro sur le baudet.

Un loup, quelque peu clerc, prouva par sa harangue

Qu'il fallait dévouer ce maudit animal,

Ce pelé, ce galeux, d'où venait tout leur mal.

Sa peccadille fut jugée un cas pendable.

Manger l'herbe d'autrui ! quel crime abominable !

Rien que la mort n'était capable

D'expier ce forfait. On le lui fit bien voir.

Selon que vous serez puissant ou misérable,
Les jugemens de cour vous rendront blanc ou noir.

LAFONTAINE.

Le beau triomphe.

La santé, la vertu, les plaisirs, la richesse,
Du bonheur des humains ces quatre grands moteurs,
Comparurent un jour aux beaux jeux de la Grèce.
      Chacun de ces compétiteurs
      Prétendait hautement que l'homme
      Lui devait le souverain bien,
    Et concluait par demander la pomme.
      La richesse, au brillant maintien,
Disait: De tous les biens c'est moi qui suis la mère,
Puisqu'on peut avec moi se les procurer tous ;
    Vous vous trompez répliquait sans courroux
      Le plaisir ; car enfin, ma chère,
On ne veut vous avoir que pour me posséder.
    La santé dit : Je vais vous accorder ;
      Votre débat est inutile ;
    Vous disputez un prix qui m'appartient ;
Sans moi, vous le savez, le plaisir est stérile ;
      Sans moi, la richesse n'est rien.
Déjà le tribunal en sa faveur chancelle,
    Quand la vertu se présente à son tour,

Quel prix obtiendrai-je? dit-elle
D'un air modeste et pur comme un beau jour,
Ignorez-vous, ô juges vénérables!
Qu'avec de la santé, de l'or et du plaisir,
Les hommes bien souvent se trouvent misérables
Et sentent dans leur cœur le fiel du repentir.
Moi seule ai le rare avantage
De procurer le vrai bonheur.
Ces mots accompagnés d'un sourire enchanteur
Décidèrent l'aréopage,
Et la vertu reçût la palme du vainqueur.

HUBIN.

Les deux Sœurs, ou la Gloire et la Vertu.

La gloire, lasse de travaux,
Se mit à voyager. Sa suite était brillante:
C'étaient des guerriers, des héros,
Qui partout semaient l'épouvante.
On encensait la gloire en mourant de frayeur.
Elle était pourtant bonne femme,
Aimable et fière avec douceur.
Bientôt sur son chemin elle trouve une dame
Grande, noble, modeste et simple en ses habits;
La candeur se peignait sur son front sans nuage,
L'aménité sur son visage,

Et la bonté dans son souris,
A sa suite quelque amis,
Peu nombreux, mais bien sûrs, formaient sa cour
[fidèle;
L'air qu'elle respirait en devenait plus pur,
A peine de ses yeux la gloire a vu l'azur,
Qu'elle court à ses pieds : Je vous cherche, dit-elle :
De mes jours voici le plus beau :
Je vous suivrai partout. Un sentiment nouveau
M'avertit que vous seule êtes le bien suprême.
J'ai triomphé souvent, c'est un triste plaisir ;
Je trouve plus doux de servir
L'objet qu'on révère et qu'on aime.
Elle dit. La vertu la traite comme sœur,
Ensemble elles font le voyage;
Toutes deux y gagnaient : la gloire, le bonheur ;
La vertu, son plus digne hommage.
Ce matin, dans mon ermitage,
J'ai reçu ce couple enchanteur.

FLORIAN.

L'Innocence.

L'innocence, simple et jeunette,
Portant fleurette dans son sein,
Dans sa panetière du pain,

Cheminait un matin seulette.
Elle entend quelque bruit : C'était
Un reptile à la peau luisante,
Qui s'éveillait, qui s'agitait,
Et dardait sa langue sifflante.
— Comme il se plaint! Dit l'ignorante
Qu'intéresse l'objet nouveau ;
C'est qu'il sent une faim pressante,
Puis, à la bête elle présente
De son pain un gros morceau,
— Fuyez, cessez votre bonne œuvre!
A temps, cria quelque passant :
C'est un serpent, une couleuvre!
— Eh! monsieur, qu'est-ce qu'un serpent?
— Oh, bonne et charmante innocence!
Tu ne sais pas même les noms,
Des gens pervers, des cœurs félons :
Heureuse quand la Providence
Te garantit de leurs poisons!

SÉLIS.

FIN.

www.ingramcontent.com/pod-product-compliance
Ingram Content Group UK Ltd.
Pitfield, Milton Keynes, MK11 3LW, UK
UKHW021230230726
13926UKWH00003B/1356